Ulrich Rückert
Vitamine und Mineralstoffe

Ulrich Rückert

VITAMINE UND MINERALSTOFFE

Die Bausteine für Ihre Gesundheit

Ariston Verlag · Genf

Andere Werke aus unserem Verlagsprogramm
finden Sie am Schluß des Buches verzeichnet.

Gestaltung des Schutzumschlages:
H. + C. Waldvogel · Grafik Design

Erstauflage Februar 1985
Printed in Austria 1985
ISBN 3 7205 1301 7

Inhaltsverzeichnis

TEIL I
DIE GEHEIMNISSE DER VITAMINE

WASSERLÖSLICHE VITAMINE

FETTLÖSLICHE VITAMINE

TEIL II
DIE GEHEIMNISSE DER MINERALSTOFFE UND DER SPURENELEMENTE

ANHANG

Teil I

Die Geheimnisse der Vitamine

Wasserlösliche Vitamine

Vitamin B_1 (Thiamin)

Ein Schiffsarzt kommt der Beri-Beri auf die Spur

DER FALL:
Jüngste Untersuchungen, die sowohl in der Bundesrepublik Deutschland als auch in der Schweiz durchgeführt wurden, haben ergeben, daß Vitamin B_1 unter die sogenannten kritischen Nährstoffe einzureihen ist. Das heißt: Weite Bevölkerungskreise sind damit unterversorgt. In einem Ernährungsbericht heißt es: »Vitamin B_1 gehört bei den Ernährungsgewohnheiten in Mitteleuropa zu den kritischen Nährstoffen im engsten Sinn. Der seit dreißig Jahren anhaltende Rückgang der Zufuhr von Vitamin B_1 durch Brot, Backwaren und Kartoffeln wurde teilweise – aber nicht vollständig – durch den starken Anstieg des Verbrauches von Schweinefleisch ausgeglichen. Vor allem bei Jugendlichen und älteren Menschen muß die Deckung des Bedarfes an Vitamin B_1 jedoch sorgfältig beobachtet werden.«

Man schrieb das Jahr 1885. Der junge Schiffsarzt DR. TAKAKI machte ein sorgenvolles Gesicht. »Wenn meine Vermutung nicht stimmt«, sagte er nachdenklich zum Kapitän, »dann werden sie mich aus der kaiserlichen Marine entlassen.«

Wenig später liefen zwei japanische Kriegsschiffe aus dem Hafen aus. Ihr Angriffsziel war diesmal keine feindliche Seemacht, sondern eine rätselhafte Krankheit: Beri-Beri, eine tückische Seuche, die bei längeren Seereisen oft ganze Schiffsbesatzungen dahinraffte.

DR. TAKAKI hatte langwierige Verhandlungen mit dem Marineoberkommando führen müssen, bevor er endlich die Genehmigung für diese Expedition erhielt. Seiner Meinung nach war die Ursache der Beri-Beri-Krankheit eine Frage der Ernährung. Er hatte sich einen genauen Plan zurechtgelegt, um dies zu beweisen. So gab es vor allem für die Proviantverteilung auf den Expeditionsschiffen strengste Anweisungen. Die dreihundert Matrosen auf DR. TAKAKIS Schiff sollten mit Gemüse, Körnergerichten, Fisch, Fleisch und Dosenmilch verpflegt werden. Die Mannschaft des Begleitschiffes hingegen erhielt – wie es damals üblich war – als Hauptnahrungsmittel polierten Reis.

Auf dem »Reisschiff« zeigten sich bald die ersten Ausfallserscheinungen. Die Matrosen klagten über Kopfweh, Gelenk- und Nervenschmerzen, bekamen Fieber und Lähmungserscheinungen, litten unter Verwirrungszuständen. Einige starben. Diese typischen Begleiterscheinungen der Beri-Beri-Krankheit gab es auf DR. TAKAKIS Schiff nicht.

Als die beiden Expeditionsschiffe zurückkehrten, waren mehr als zwei Drittel der Matrosen, die sich vorwiegend mit Reis ernährt hatten, an Beri-Beri erkrankt. Auf dem anderen Schiff gab es lediglich vier Beri-Beri-Fälle. Es hatte ausgerechnet alte, erfahrene Seebären erwischt. Sie hatten entgegen den Anweisungen ebenfalls hauptsächlich Reis gegessen, weil sie es von früheren Schiffsfahrten nicht anders gewohnt waren.

Das Experiment war geglückt. Auf vielen Schiffen wurde die Ernährung mit Erfolg umgestellt. Aber erst fast dreißig Jahre später, 1912, gelang es dem polnischen Biochemiker CASIMIR FUNK, aus der Reiskleie einen Beri-Beri-Schutzstoff herzustellen. Er nannte das Medikament »Vitamin«, zusammengesetzt aus den lateinischen Wörtern »vita«, was soviel wie »Leben« bedeutet, und dem Begriff »amin«, der besagt, daß es sich um eine eiweißartige Substanz handelt.

Inzwischen erhielt das Anti-Beri-Beri-Mittel einige exakte Bezeichnungen, die aber auch zur Verwirrung führen können. So nennt man den gleichen Stoff heute nicht nur Vitamin B_1, sondern auch Thiamin, Aneurin und Antineuritikum. Längst ist es gelungen, das lebenswichtige Vitamin B_1 künstlich herzustellen und in die Behandlung vieler Krankheiten einzubeziehen.

Noch 1948 starben auf den Philippinen Tausende an Beri-Beri. Heute ist die Krankheit so gut wie ausgemerzt, wenn sie auch in Hunger- und in Kriegsgebieten immer wieder aufflackert. Unsere tägliche ausgewogene Kost enthält im Normalfall so viel Vitamin B_1, daß der Organismus ausreichend mit dem »Lebensstoff« versorgt wird. Und doch gibt es viele Krankheitsanzeichen, die auf einen Mangel an Vitamin B_1 zurückzuführen sind. Wissenschaftler schätzen, daß der größte Teil der Bevölkerung in der Bundesrepublik seinen Bedarf an Vitamin B_1 infolge von Ernährungssünden nur zu etwa 75 Prozent deckt.

Natürlich ist es wichtig, alle anderen in Frage kommenden Erkrankungen auszuschließen, bevor man eine Vitamin-Kur beginnt. Das ist dem medizinischen Laien aber kaum möglich. Deshalb sind selbstverordnete Vitamin-Präparate oft unsinnig und manchmal sogar gefährlich, weil unter Umständen eine wichtige Behandlung durch den Arzt hinausgezögert und eine möglicherweise leicht zu kurierende Beschwerde verschleppt wird.

Ohne das wichtige B_1 kann der Organismus auch andere Vitamine der B-Gruppe nicht richtig verarbeiten. Deshalb verordnet man bei Mangelerscheinungen meist ein sogenanntes Multivitamin, das einen Komplex verschiedenster Vitamine enthält. Man weiß heute, daß die Beri-Beri-Krankheit nicht ausschließlich auf eine Unterversorgung mit B_1 zurückzuführen ist; und deshalb lassen sich auch nicht alle Begleiterscheinungen dieser Erkrankung durch die Behandlung mit B_1 beseitigen.

Für Frauen wurde der Tagesbedarf an Vitamin B_1 mit 1,4 Milligramm errechnet; Männer benötigen 1,6 Milligramm. Säuglinge, Kinder, Schwangere und junge Mütter während der Stillzeit haben in jedem Fall einen höheren Bedarf. Auch Heranwachsende brauchen mehr. Das gleiche gilt für Schwerarbeiter und für Sportler – ein Langstreckenläufer beispielsweise braucht unter Wettkampfbedingungen bis zu 8 Milligramm Vitamin B_1 täglich!

Ein besonderer Zusammenhang besteht zwischen B_1-Mangel und Alkoholismus. Bei mehr als 70 Prozent der Alkoholiker läßt sich ein Vitamin-B_1-Mangel nachweisen. Häufig liegt gleichzeitig auch schon eine Leberschädigung vor. Man nimmt an, daß das Vitamin B_1 in Verbindung mit Alkohol von den Darmwänden nicht optimal aus der Nahrung aufgeschlossen werden kann. In fortgeschrittenem Stadium treten als Zeichen von Vitaminmangel beim Alkoholiker Lähmungen, Schwäche der Augenbewegungen und geistige Verwirrtheit auf. Seit in den Vereinigten Staaten das Getreidemehl mit B-Vitaminen angereichert wird, ist die Zahl der alkoholbedingten Nervenkrankheiten zurückgegangen: Grund genug für die Ernährungsforscher, nun auch eine Anreicherung jedweden Alkohols mit Vitamin B_1 in Erwägung zu ziehen.

Im wesentlichen lassen sich bei einem Vitamin-B_1-Mangel zwei große Symptomenkomplexe herausfiltern: Auf der einen Seite kommt es zu Schädigungen der Herzkranzgefäße, auf der anderen Seite zu nervösen Störungen. Dementsprechend reichen die Begleiterscheinungen von Herzrhythmusstörungen, Atemnot und Beklemmungsgefühlen bis zu Nervenentzündungen, Muskelschwäche, Muskelschmerzen und -krämpfen, Fußbrennen sowie Kribbeln in den Fingern.

Vitamin B_1 ist unerläßlich, um die Nervenreize zu bilden und weiterzuleiten. Deshalb kommt es bei einem Mangel zunächst zu Nervenschmerzen – medizinisch spricht man von Neuralgien –, zu Kopf- und Gelenkschmerzen.

VERBRAUCHER-TIP:
Eine interessante, rein praktische Erfahrung haben viele Ärzte mit Vitamin B_1 machen können: In einer Dosierung von etwa 100 bis 300 Milligramm täglich bildet das Vitamin einen Schutzstoff gegen lästige Insekten. B_1 wird in der Haut gespeichert, die dann einen für die Plagegeister unangenehmen Geruch abgibt. Die menschliche Nase kann diesen Duft jedoch nicht wahrnehmen. Ungetrübte Urlaubsfreuden in mückenreichen Gegenden dürfte derjenige haben, der bereits vier Wochen vor Antritt der Reise Vitamin B_1 in der entsprechenden Dosierung einnimmt.

Vitamin B_1 ist hauptsächlich in den Keimlingen oder im Vollkorn sämtlicher Getreidearten, aber auch in Hefe, Fleisch, Milch, Gemüse, Früchten und Kartoffeln enthalten. Beim Reiskorn steckt das Vitamin B_1 in den Keimen, vor allem aber in dem feinen Silberhäutchen, welches das Reiskorn einhüllt. Dieses Häutchen wird jedoch entfernt, wenn man den Reis poliert. Durch diesen »Veredelungsprozeß« wird Reis zwar schmackhafter, aber in Hinblick auf den Nährstoff wertlos.

VERBRAUCHER-TIP:
Deshalb ist es wichtig, sogenannten Vollreis und keinen polierten Reis zu kaufen! Allerdings muß man schon 500 Gramm naturbelassenen Reis essen, um den Tagesbedarf an Vitamin B_1 zu decken. Hingegen genügen 100 Gramm Weizenkeime oder 150 Gramm Roggenkeime, ebenso 150 Gramm Schweinefleisch oder ein viertel Pfund Schinken. Hefeextrakt enthält besonders viel Vitamin B_1: Schon 5 Gramm decken den gesamten Tagesbedarf eines Erwachsenen! Mediziner schreiben der lecke-

ren Grapefruit eine besondere Bedeutung zu. Sie enthält nicht nur große Mengen an Vitamin C, sondern auch an Vitamin B_1, Vitamin B_2 und Vitamin B_6!

Tagesbedarf an Vitamin B_1 = 1,4–1,6 Milligramm

Menüvorschlag: Schweineschnitzel mit Champignons

Frühstück (490 kcal/2050 kJ):
Müsli aus einem geriebenen Apfel, zwei Eßlöffel Weizenkeimen, einem Eßlöffel Haferflocken, einem Teelöffel Honig und einem Teelöffel Rosinen oder gemahlenen Haselnüssen. Dazu eine Scheibe Grahambrot mit Butter und Käse.

Mittagessen (640 kcal/2670 kJ):
Ein Schweineschnitzel (150 Gramm) mit 200 Gramm Champignons braten, mit Pfeffer, Salz und einem Teelöffel Hefeextrakt würzen; vier kleine Pellkartoffeln. Balkansalat aus einem Paprika, zwei Tomaten, einem Stück frischer Gurke in Joghurt-Zitronen-Marinade. Den Salat vor dem Servieren mit geriebenem Schafkäse bestreuen.

Abendessen (715 kcal/2990 kJ):
Zwei Scheiben Grahambrot mit Butter, zwei Scheiben roher Schinken, Tomaten, Gewürzgurke, Fruchtjoghurt oder Quark nach Belieben.

Dieser Tagesplan enthält ca. 4,4 Milligramm Vitamin B_1.
Gesamt: 1845 kcal/7710 kJ.

VITAMIN-B_1-NÄHRWERT-TABELLE

Mittelwerte für 100 g pro eßbarem Anteil
µg = Mikrogramm, mg = Milligramm, g = Gramm

Zum Vergleich:

Muttermilch	0,015 mg

MILCH UND MILCHPRODUKTE	
Vollmilch	0,037 mg
Magermilch	0,038 mg
Buttermilch	0,034 mg
Kondensmilch, 10 %	0,088 mg
Sahne, 30 %	0,025 mg
Joghurt, 3,5 %	0,038 mg
Joghurt, 0,3 %	0,038 mg

MILCH UND MILCHPRODUKTE	
Gouda, 45 %	0,030 mg
Edamer, 45 %	0,056 mg
Brie, 50 %	0,050 mg
Camembert, 60 %	0,037 mg
Quark, 40 %	0,033 mg
Schmelzkäse, 45 %	0,034 mg

FETTE	
Butter	5,000 μg

EI	
Hühnerei	0,100 mg

FLEISCH	
Corned Beef	0,020 mg
Hammelfleisch	0,160 mg
Kalbfleisch	0,150 mg
Rindfleisch	0,080 mg
Rinderleber	0,300 mg
Schweinefleisch	0,660 mg
Schweineleber	0,310 mg
Schweineschinken	0,550 mg
Ente	0,300 mg
Huhn	0,083 mg
Hühnerleber	0,320 mg

WURST	
Blutwurst	0,073 mg
Bratwurst	0,280 mg
Cervelatwurst	0,100 mg
deutsche Salami	0,180 mg
Weißwurst	0,043 mg

FISCH	
Aal, geräuchert	0,190 mg
Auster	0,160 mg
Forelle	0,084 mg
Heilbutt	0,078 mg
Hering	0,040 mg
Karpfen	0,068 mg
Makrele	0,130 mg
Ölsardinen	0,040 mg
Rotbarsch	0,110 mg
Schellfisch	0,050 mg
Thunfisch	0,160 mg

REIS	
Reis, unpoliert	0,410 mg
Reis, poliert	0,060 mg

GETREIDE	
Haferflocken	0,590 mg
Weizenkleie	0,650 mg

BROT	
Brötchen	0,098 mg
Knäckebrot	0,200 mg
Roggenbrot	0,180 mg
Vollkornbrot	0,250 mg
Weißbrot	0,086 mg

TEIGWAREN	
Nudeln	0,170 mg

GEMÜSE	
Artischocke	0,140 mg
Blumenkohl	0,110 mg
Brunnenkresse	0,085 mg
Chinakohl	0,030 mg
Erbsen	0,300 mg
Feldsalat	0,065 mg
grüne Bohnen	0,081 mg
grüner Paprika	0,060 mg
Grünkohl	0,100 mg
Gurke	0,018 mg
Kartoffel	0,110 mg

Knollensellerie	0,036 mg
Kohlrabi	0,048 mg
Kopfsalat	0,062 mg
Linsen	0,430 mg
Löwenzahnblätter	0,190 mg
Mais	0,150 mg
Möhren	0,069 mg
Petersiliengrün	0,140 mg
Petersilienwurzel	0,100 mg
Rettich	0,030 mg
Rhabarber	0,027 mg
Rosenkohl	0,110 mg
rote Bete	0,022 mg
Sauerkraut	0,027 mg
Schnittlauch	0,140 mg
Sojabohnen	0,990 mg
Spargel	0,110 mg
Spinat	0,110 mg
Tomaten	0,057 mg
weiße Bohnen	0,460 mg
Weißkohl	0,048 mg
Wirsing	0,050 mg
Zwiebel	0,033 mg
Champignons	0,100 mg
Pfifferlinge	0,020 mg

OBST

Apfel	0,035 mg
Apfelsine	0,079 mg
Aprikose	0,040 mg
Banane	0,044 mg
Birne	0,033 mg
Brombeeren	0,030 mg
Erdbeeren	0,031 mg
Grapefruit	0,048 mg
Holunderbeeren	0,065 mg
Johannisbeeren, rot	0,040 mg
Johannisb., schwarz	0,051 mg
Kirsche, sauer	0,050 mg
Kirsche, süß	0,039 mg
Kiwi	17,000 µg
Pfirsich	0,027 mg
Pflaume	0,072 mg
Sanddornbeeren	0,034 mg
Weintrauben	0,046 mg
Zitrone	0,051 mg

GETRÄNKE

Apfelsaft	20,000 µg
Orangensaft, frisch	0,095 mg
Orangens., Handelsw.	0,077 mg
Tomatensaft	0,056 mg
Traubensaft	0,031 mg
Zitronensaft	0,040 mg
Rotwein	Spuren
Weißwein	Spuren
Vollbier, dunkel	4,000 µg
Vollbier, hell	0,004 mg
Kaffee, geröstet	0,070 mg
Tee, schwarz	0,025 mg

DIVERSES

Ananas, in Dosen	0,070 mg
Aprikosenkonfitüre	0,010 mg
Erdbeerkonfitüre	0,010 mg
Blütenhonig	0,003 mg
Eiscreme	0,039 mg
Kakaopulver	0,090 mg
Milchschokolade	0,088 mg
Rosinen	0,120 mg
Erdnüsse, geröstet	0,250 mg
Walnüsse	0,340 mg
Bäckerhefe	1,430 mg
Bierhefe	12,000 mg
Kartoffelchips	0,220 mg
Mayonnaise	0,040 mg
Tomatenketchup	0,065 mg

Vitamin B_2 (Riboflavin)

Ein halbes Dutzend B-Geschwister

DER FALL:

Eine Untersuchung am Institut für Sozial- und Präventivmedizin in Basel hat ergeben, daß starker Zigarettenkonsum zu Vitamin-B_2-Mangel führen kann. Kettenraucher, die mehr als dreißig Zigaretten pro Tag inhalierten, waren mit Vitamin B_2 erheblich unterversorgt. Die Zusammenhänge konnten bisher nicht geklärt werden, doch vermuten die Wissenschaftler, daß ein Bestandteil im Rauch das Riboflavin zerstört.

Bindehautentzündungen der Augen, eingerissene Mundwinkel, eine angeschwollene Zunge oder spröde Fingernägel – solche Beschwerden signalisieren einen Mangel an Vitamin B_2! Doch zu einer ausgesprochenen »Ariboflavinose«, wie diese Mangelkrankheit medizinisch bezeichnet wird, kommt es höchst selten, denn normalerweise ist Vitamin B_2 ausreichend in unserer Nahrung enthalten. Und zum anderen wird B_2 in Verbindung mit den Darmbakterien teilweise vom Körper selbst hergestellt.

Deshalb ist bei den Symptomen einer Ariboflavinose meist noch etwas anderes im Spiel: Außer Vitamin B_2 fehlen auch weitere Vitamine der B-Gruppe. Denn die Wirksubstanzen der Vitamin-B-Kette beeinflussen sich gegenseitig. Ohne ausreichendes Vorhandensein des einen können die anderen ihre lebenswichtigen Funktionen nicht erfüllen.

Die Reihe der B-Vitamine ist auf den ersten Blick sehr lang. Aber die Geschichte der Vitaminforschung ist reich an Irrtümern und Richtigstellungen, und es gibt in Wirklichkeit nur ein halbes Dutzend B-Vitamine. Das erste Vitamin der Gruppe, der sogenannte Beri-Beri-Schutzstoff, erhielt zunächst einmal die Bezeichnung B. Als man noch eine weitere Substanz entdeckte, die dem B-Vitamin ganz ähnlich war, nannte man den Schutzstoff B_1 und die Neuentdeckung B_2. Dann wurden hochtechnisierte Analyseverfahren entwickelt, und man kam immer neuen B-Varianten auf die Spur: B_3, B_4, B_5, B_6 und so weiter – bis B_{15}!

Später erkannten die Vitaminforscher jedoch, daß einige dieser Substanzen keinen echten Vitamincharakter hatten, weshalb ihre Zugehörigkeit zu den Vitaminen widerrufen wurde. Andere Substanzen gerieten wegen ihrer geringen Bedeutung in Vergessenheit. Übrig blieben schließlich B_1, der Beri-Beri-Schutzstoff (auch Thiamin genannt), B_2 (auch Riboflavin genannt), B_6 (Pyridoxin), B_{12} (Cobalamin) und B_{15} (Pangamsäure). Zu den B-Vitaminen rechnet man aber auch die Nicotinsäure, die Folsäure, die Pantothensäure und das Biotin – wegen möglicher Irreführungen hat man darauf verzichtet, ihnen weitere Ziffernbezeichnungen zu geben.

Das klingt alles sehr kompliziert. Aber für gewöhnlich wird bei Mangelerscheinungen, die auf einen Vitamin-B-Mangel deuten, ein B-Komplex-Präparat verordnet. Darin sind meist alle Vitamine der B-Gruppe enthalten, damit ihr richtiges Zusammenspiel im Organismus wieder gewährleistet wird.

Da alle B-Vitamine wasserlöslich sind, ist eine Überdosierung nicht zu befürchten. Jedes Zuviel scheidet der Körper über die Nieren wieder aus. Deshalb sind Vitamin-B-Komplex-Präparate rezeptfrei, und man kann sie in jeder Apotheke kaufen.

VERBRAUCHER-TIP:

Allerdings besteht eine andere Gefahr, warum Wissenschaftler die dauernde Selbstmedikation mit Vitaminen einer regelrechten »Selbstverstümmelung« gleichsetzen: Bei regelmäßiger unkontrollierter Einnahme kann der Organismus die Fähigkeit verlieren, die lebenswichtigen Vitamine aus der Nahrung selbst aufzuschließen. Und das kann dann natürlich zu erheblichen Stoffwechselstörungen führen.

Riboflavin, das Vitamin B_2, kommt in Leber, Nieren, Milch, Eiern, Hefe, Getreidekeimen, Fischen, Fleisch und Gemüse vor. Manche Nahrungsmittel sind wahre Vitamin-B_2-Bomben, andere enthalten fast gar kein Riboflavin.

Der Tagesbedarf eines Erwachsenen liegt bei 1,5 bis 2 Milligramm

Vitamin B_2. Ein Liter Milch enthält ungefähr 2 Milligramm, und zwar in Form von Lactoflavin. Wer also täglich drei Glas Milch trinkt, kann damit seinen gesamten Tagesbedarf an Vitamin B_2 decken.

Ebenso reichen 100 Gramm Kalbsleber oder Kalbsniere, aber auch 100 Gramm Hühnerleber, um den Tagesbedarf an Vitamin B_2 zu decken. Kartoffeln hingegen sind so arm an Vitamin B_2, daß man fast 10 Pfund davon vertilgen müßte, wollte man seinen Tagesbedarf nur aus den beliebten Erdknollen decken! Mit gezielten Vitamin-B_2-Gaben lassen sich Krankheitserscheinungen, die auf einen B_2-Mangel zurückzuführen sind, wirksam bekämpfen.

VERBRAUCHER-TIP:
Durch falsche Zubereitung von Nahrungsmitteln ergeben sich oft enorme Vitaminverluste. So werden etwa durch Garverfahren rund 25 Prozent der wasserlöslichen Vitamine aus dem Gemüse herausgelöst. Deshalb empfiehlt es sich, die Kochflüssigkeit zu einer Sauce einzudicken oder bei der Zubereitung von Suppen mitzuverwenden. Vitaminbewußte Hausfrauen verzichten auf das Garkochen. Richtiger ist es, Gemüse ohne viel Wasser und bei geschlossenem Deckel zu dünsten. Und auch das sollte man wissen: Der Vitamingehalt von Tiefkühlkost liegt erheblich höher als der von Naßkonserven.

Entdeckt wurde das Vitamin B_2 in den dreißiger Jahren. Damals gewann man es aus der Molke, dem hellgelblichen Milchserum, das beim Buttern abgesondert wird. Aber das Gewinnungsverfahren war mühsam: Aus 110 000 Liter Molke ließen sich lediglich 12 Gramm Vitamin B_2 isolieren!

Heute wird Vitamin B_2 oder Riboflavin aus Barbitursäure hergestellt. In den USA beispielsweise werden Jahr um Jahr nahezu 200 Tonnen Vitamin B_2 produziert, die in verschiedenen Bereichen der Humanmedizin, aber auch in der Tierheilkunde Verwendung finden.

VERBRAUCHER-TIP:
Ärzte empfehlen Obst- und Gemüsesäfte, weil sie viel Vitamine und Mineralstoffe enthalten. Aber auch Bier, das Lieblingsgetränk der Deutschen, hat es in sich. Wer nicht übertreibt, tut durchaus etwas für seine Gesundheit, wenn er hin und wieder ein Glas Gerstensaft trinkt.

Bierhefe ist die gehaltvollste Quelle der B-Vitamine, die von der Hefe *größtenteils in das fertige Bier abgegeben werden. Ein halber Liter Bier deckt etwa 10 Prozent des Bedarfs an Vitamin B_2 und sogar ein Viertel des Bedarfs an Niacin (= Nicotinsäure).*

Die Vitamine im Bier sind mit einigen aus der Gerste stammenden Mineralstoffen gekoppelt: Phosphor, Kalium, Natrium, Calcium, und mit den Spurenelementen Kupfer und Zink.

Vorsicht im Umgang mit Abführmitteln

Neuere Untersuchungen an der Ludolf-Krehl-Klinik der Universität Heidelberg haben ergeben, daß ältere Leute unter ganz charakteristischen Vitamin- und Mineralstoffmangelzuständen leiden. Insbesondere fehlen Vitamine der B-Gruppe, Vitamin A, Vitamin D und Calcium. Davon betroffen sind hauptsächlich alleinstehende Männer, die sich unregelmäßig und nicht ernährungsbewußt verpflegen, aber auch Bewohner von Altenheimen und schlecht verdienende Personen.

Allein bei 15 Prozent der Versuchspersonen wurden Vitamin-B_1-Mängel festgestellt, vielfach lagen aber auch B_6-Mängel vor. Bei den über Fünfundsechzigjährigen wurden katastrophale Folsäuremängel aufgedeckt – bis zu 90 Prozent der untersuchten Personen litten darunter! Die Wissenschaftler stellten fest, daß die Mangelzustände nicht allein auf die unausgewogene Kost, sondern auch auf Abführmittelmißbrauch zurückzuführen sind (Abführmittel schwemmen Vitamine aus). Rund 30 Prozent der Frauen und 12 Prozent der Männer nahmen regelmäßig solche Präparate ein (siehe auch: Was tun bei Verstopfung?). Ganz offensichtlich hat der häufig beobachtete Leistungsabfall im Alter seine Ursache in einer dauernden Fehlernährung, die einen Vitamin- oder Mineralstoffmangel nach sich zieht.

Was tun bei Verstopfung?

Durch Abführmittelmißbrauch werden Vitamine und lebenswichtige Mineralsalze wie Kalium und Magnesium aus dem Körper geschwemmt. Der Mineralstoffmangel wiederum kann zu Kreislaufstörungen, Herzjagen, Kopfschmerzen und anderen Beschwerden führen. Kurz, das ganze vegetative (unbewußte) Nervensystem gerät durcheinander. Werden solche Begleiterscheinungen nun ihrerseits mit Tabletten bekämpft, ohne die Verstopfung zu beseitigen, gerät der Patient wahrhaft in einen Teufelskreis.

In der Naturheilkunde hat man die chronische Verstopfung schon immer als Grundleiden für zahlreiche andere krankhafte Prozesse angesehen. Von HIPPOKRATES (2500 Jahre vor Christus) stammt der Satz: »Der Tod sitzt im Darm.« Was der weise griechische Arzt vermutete, läßt sich heute ganz einleuchtend erklären:

Wenn Nahrungsreste übermäßig lange im Darm liegenbleiben, kann es zu Fäulnis- und Gärungsvorgängen kommen. Die Giftstoffe, die sich dabei entwickeln, werden von den Darmwänden in den Kreislauf eingeschleust, ohne daß sie unschädlich gemacht werden könnten. Mit anderen Worten – es findet eine dauernde Selbstvergiftung statt. An irgendeiner Schwachstelle im Körper wird ein Zellverband damit schließlich nicht mehr fertig. Die Folge: Ein Organ erkrankt. Mit Sicherheit darf man auch annehmen, daß chronische Verstopfung eine Mitursache für den gefürchteten Darmkrebs darstellt, der in der Krebsstatistik der Bundesrepublik an erster Stelle steht. Darmträgheit und Verstopfung machen Millionen Menschen das Leben schwer. Und weil aus anerzogenem falschen Schamgefühl niemand gerne darüber spricht, quälen sich viele Patienten oft jahrelang geduldig schweigend mit diesem Übel herum. Oder sie schlucken schicksalsergeben freiverkäufliche oder sogar vom Arzt verordnete Abführmittel – und fügen sich damit den ärgsten Schaden zu.

Dabei ist gegen eine gelegentliche Entschlackung mit Hilfe eines Abführmittels (etwa bei der häufigen Reise-Verstopfung infolge Klimawechsel und Ernährungsumstellung) absolut nichts einzuwenden; vorausgesetzt, man hält sich an die vom Hersteller angegebene Dosis. Bei längerer unkontrollierter Anwendung gewöhnt sich der Darm jedoch an das Präparat; soll es über längere Zeit wirken, muß die Dosis erhöht werden. Die »flotten Feger« aus der Werbung lassen den Darm immer müder werden, denn sie lähmen seine Eigenbewegungen.

Ohne Zweifel muß zunächst abgeklärt werden, ob der Obstipation – so der medizinische Ausdruck – nicht eine organische Ursache zugrunde liegt. Dies ist gottlob recht selten. War man früher noch der Auffassung, daß täglicher Stuhlgang unabdingbar sei, spricht man heute erst dann von einer Verstopfung, wenn der Darm weniger als dreimal pro Woche entleert wird.

Wie kann es zu Verstopfung kommen?

Durch mangelnde Bewegung wird die Darmmuskulatur vernachlässigt. Menschen, die aus beruflichen Gründen viele Stunden am Tag sitzen müssen, sind besonders betroffen. Aber auch falsch zusammengestellte Ernährung, die vorwiegend aus Mehlspeisen, weichgekochten Gemüsebreien und Fleisch besteht, kann daran schuld sein.

Die Ernährung muß so umgestellt werden, daß sie mehr Masse, mehr Ballaststoffe enthält. Das sind Schlacken und Fasern, die vom Körper nicht aufgenommen werden. Sie erhöhen aber die Menge der auszuscheidenden Stoffwechselprodukte und regen damit die Darmbewegung (Peristaltik) an.

Weizenschrot und Breie aus zermahlenem Vollkorn, Knäckebrot, Graham- und Schwarzbrot sowie Rohkost in jeder Form und auch reichlich Flüssigkeit sind zu empfehlen. Fleisch, Kartoffeln, Brötchen, Weißbrot, Pudding und Teigwaren sind bei Verstopfung schädlich.

Viele Leute schwören auf Leinsamen. Geschrotet oder ungeschrotet gilt er als bewährtes Hausmittel. Man muß allerdings täglich mindestens drei gehäufte Eßlöffel davon einnehmen (für Leute mit Übergewicht: rund 250 Kalorien!). Lein ist kein Abführmittel, enthält aber reichlich Ballaststoffe und überdies schleimige Substanzen, die den Darminhalt gleitfähig machen und die eingedickte Stuhlmasse aufweichen. Bauchschmerzen und die oft quälenden Begleitumstände von Verdauungsschwierigkeiten und verzögerter Darmentleerung verschwinden schon bald.

Überaus wichtig ist ausreichende Bewegung. Aber auch schon mit kurzer Morgengymnastik wie Beinkreisen, dem Heben und Senken von Beinen und Unterkörper sowie mit Rumpfbeugen und Bauchpressen trainiert man die Darmmuskulatur.

Grundsätzlich läßt sich eine Obstipation noch in jedem Stadium behandeln, selbst wenn man schon Jahrzehnte darunter leidet.

Neben vernünftiger Ernährung und regelmäßiger Bewegung muß man den Darm dazu erziehen, daß er sich pünktlich meldet. Der Darm ist ein vegetativ (unbewußt) gesteuertes Organ. Wenn man seine Reflexe – etwa aus Zeitnot – unterdrückt, braucht man sich über eine Verstopfung gar nicht wundern. Leider wird der Darm oft recht stiefmütterlich behandelt. Wer gesund bleiben will, muß ihm die notwendige Zeit widmen.

Tagesbedarf an Vitamin B_2 = 1,5–2 Milligramm

Menüvorschlag: Omelette mit Kalbsleber

Frühstück (585 kcal/2450 kJ):
Ein Glas Vollmilch, ein weiches Ei, eine Scheibe Grahambrot mit Butter und Camembert.

Mittagessen (610 kcal/2550 kJ):
250 Gramm Kalbsleber in Fett anschmoren, eine kleingeschnittene Zwiebel und einen Apfel dazugeben, zehn Minuten weiterschmoren und mit Salz und Pfeffer abschmecken. Omelette aus einem Ei, einer halben Tasse Milch, einer Prise Salz und zwei Eßlöffel Mehl backen und die Leber darauf servieren.

Abendessen (680 kcal/2840 kJ):
Ein Glas Vollmilch, zwei Scheiben Schwarzbrot mit Leberwurst und Camembert, eine Portion Rohkostsalat.

Dieser Tagesplan enthält ca. 6,5 Milligramm Vitamin B_2.
Gesamt: 1875 kcal/7840 kJ.

VITAMIN-B_2-NÄHRWERT-TABELLE

Mittelwerte für 100 g pro eßbarem Anteil
µg = Mikrogramm, mg = Milligramm, g = Gramm

Zum Vergleich:

Muttermilch	0,038 mg
MILCH UND MILCHPRODUKTE	
Vollmilch	0,180 mg
Magermilch	0,170 mg
Buttermilch	0,160 mg
Kondensmilch, 10 %	0,480 mg
Sahne, 30 %	0,150 mg
Joghurt, 3,5 %	0,180 mg
Joghurt, 0,3 %	0,180 mg
Gouda, 45 %	0,200 mg
Edamer, 45 %	0,350 mg
Brie, 50 %	0,340 mg
Camembert, 60 %	0,370 mg
Quark, 40 %	0,240 mg
Schmelzkäse, 45 %	0,380 mg
FETTE	
Butter	0,022 mg
EI	
Hühnerei	0,310 mg

FLEISCH	
Corned Beef	0,230 mg
Hammelfleisch	0,220 mg
Kalbfleisch	0,260 mg
Rindfleisch	0,180 mg
Rinderleber	2,880 mg
Schweinefleisch	0,170 mg
Schweineleber	3,170 mg
Schweineschinken	0,210 mg
Ente	0,200 mg
Huhn	0,160 mg
Hühnerleber	2,490 mg

WURST	
Blutwurst	0,130 mg
Bratwurst	0,220 mg
Cervelatwurst	0,200 mg
deutsche Salami	0,200 mg
Leberwurst	0,920 mg
Weißwurst	0,130 mg

FISCH	
Aal, geräuchert	0,370 mg
Auster	0,200 mg
Forelle	0,076 mg
Heilbutt	0,070 mg
Hering	0,220 mg
Karpfen	0,053 mg
Makrele	0,360 mg
Ölsardinen	0,300 mg
Rotbarsch	0,080 mg
Schellfisch	0,170 mg
Thunfisch	0,160 mg

REIS	
Reis, unpoliert	0,091 mg
Reis, poliert	0,032 mg

GETREIDE	
Haferflocken	0,150 mg
Weizenkleie	0,510 mg

BROT	
Brötchen	0,034 mg
Knäckebrot	0,180 mg
Roggenbrot	0,110 mg
Vollkornbrot	0,150 mg
Weißbrot	0,060 mg

TEIGWAREN	
Nudeln	0,073 mg

GEMÜSE	
Artischocke	0,012 mg
Blumenkohl	0,100 mg
Brunnenkresse	0,170 mg
Chinakohl	0,040 mg
Erbsen	0,160 mg
Feldsalat	0,080 mg
grüne Bohnen	0,120 mg
grüner Paprika	0,050 mg
Grünkohl	0,250 mg
Gurke	0,030 mg
Kartoffel	0,047 mg
Knollensellerie	0,070 mg
Kohlrabi	0,460 mg
Kopfsalat	0,078 mg
Linsen	0,260 mg
Löwenzahnblätter	0,170 mg
Mais	0,120 mg
Möhren	0,053 mg
Petersiliengrün	0,300 mg
Petersilienwurzel	0,086 mg
Rettich	0,030 mg
Rhabarber	0,030 mg
Rosenkohl	0,140 mg

GEMÜSE	
rote Bete	0,042 mg
Sauerkraut	0,050 mg
Schnittlauch	0,150 mg
Sojabohnen	0,520 mg
Spargel	0,120 mg
Spinat	0,230 mg
Tomaten	0,035 mg
weiße Bohnen	0,160 mg
Weißkohl	0,043 mg
Wirsing	0,057 mg
Zwiebel	0,028 mg
Champignons	0,440 mg
Pfifferlinge	0,230 mg

OBST	
Apfel	0,032 mg
Apfelsine	0,042 mg
Aprikose	0,053 mg
Banane	0,057 mg
Birne	0,038 mg
Brombeeren	0,040 mg
Erdbeeren	0,054 mg
Grapefruit	0,024 mg
Holunderbeeren	0,078 mg
Johannisbeeren, rot	0,030 mg
Johannisb., schwarz	0,044 mg
Kirsche, sauer	0,060 mg
Kirsche, süß	0,042 mg
Kiwi	0,050 mg
Pfirsich	0,051 mg
Sanddornbeeren	0,210 mg
Weintrauben	0,025 mg
Zitrone	0,020 mg

GETRÄNKE	
Apfelsaft	0,025 mg
Orangensaft, frisch	0,030 mg
Orangens., Handelsw.	0,021 mg
Tomatensaft	0,026 mg
Traubensaft	0,016 mg
Zitronensaft	0,010 mg
Rotwein	Spuren
Weißwein	0,010 mg
Vollbier, dunkel	0,030 mg
Vollbier, hell	0,030 mg
Kaffee, geröstet	0,180 mg
Tee, schwarz	0,950 mg

DIVERSES	
Ananas, in Dosen	0,020 mg
Aprikosenkonfitüre	0,020 mg
Erdbeerkonfitüre	0,010 mg
Blütenhonig	0,050 mg
Eiscreme	0,250 mg
Kakaopulver	0,110 mg
Milchschokolade	0,390 mg
Rosinen	0,055 mg
Erdnüsse, geröstet	0,140 mg
Walnüsse	0,120 mg
Bäckerhefe	2,310 mg
Bierhefe	3,770 mg
Kartoffelchips	0,100 mg
Mayonnaise	0,040 mg
Tomatenketchup	0,060 mg

Nicotinsäure (Vitamin B_3)
Kaffeetrinker sind gut dran

DER FALL:
Amerikanische Wissenschaftler sind heute der Meinung, daß ein Großteil der gesundheitlichen Befindensstörungen nichts anderes als Vitaminmängel darstellen. Ursache der fast zur Volksseuche gewordenen vegetativen Dystonie ist häufig nichts anderes als eine verschleierte Pellagra, eine fast vergessene Krankheit, die auf einen Mangel an Nicotinsäure, häufig auch als Vitamin B_3 bezeichnet, zurückzuführen ist.

Experten schätzen, daß 50 bis 60 Prozent der Patienten in der Sprechstunde eines Allgemeinmediziners organisch völlig gesund sind. Die Ursache ihres Unwohlseins liegt in seelischen Belastungen, die das sogenannte vegetative Nervensystem durcheinanderbringen können. Die Diagnose »vegetative Dystonie« wird millionenfach gestellt. Dennoch helfen verordnete Medikamente meist nicht. Denn die Diagnose ist häufig falsch.

Bis man dem lebenswichtigen Stoff Nicotinsäure im Jahre 1937 auf die Spur kam, grassierte die Pellagra in allen Teilen der Welt. Noch 1915 gab es in den Südstaaten der USA schätzungsweise 11 000 Pellagra-Tote!

Die moderne Vitaminforschung hat inzwischen herausgefunden, daß etwa ein Drittel des täglichen Bedarfs an Nicotinsäure mit der Nahrung aufgenommen wird. Zwei Drittel kann der Organismus mit Hilfe des Eiweißbausteins Tryptophan – eine in den meisten Eiweißstoffen enthaltene Aminosäure – selbst erzeugen. Das Hauptnahrungsmittel weiter Bevölkerungskreise aber ist Mais, der kein Tryptophan enthält. So ist es erklärlich, daß Pellagra vorwiegend in jenen Gegenden der Erde auftrat, wo hauptsächlich Mais gegessen wurde.

Bei einem Mangel an Nicotinsäure kommt es vor allem zu Störungen im Verdauungstrakt und im Nervensystem sowie zu Hauterkrankungen. Das Wort »Pellagra« bedeutet nichts anderes als »rauhe Haut«.

Auf Gesicht, Nacken, Armen und Handrücken - Körperstellen, die dem Sonnenlicht ausgesetzt sind - bilden sich braune Flecken, im Bereich der Schleimhäute kommt es zu Entzündungen. Neben Durchfällen und Erbrechen stellen sich in der Folge psychische Veränderungen, Depressionen und Verwirrungszustände ein, die bis zu schweren Geisteskrankheiten führen können.

Der seuchenartige Charakter der Pellagra ist verschwunden, seit man - ab 1934 - die betroffenen Patienten mit Hefe und mit Leberextrakten behandelt, in denen ausreichend Nicotinsäure enthalten ist.

Aber möglicherweise handelt es sich bei den vielen zur Zeit auftretenden vegetativen Beschwerden tatsächlich um eine schleichende Unterversorgung mit Nicotinsäure, eine chronische, über Jahre verlaufende »maskierte Pellagra«. Behandlungen mit hohen Dosen von Vitaminen der B-Gruppe, vor allem aber mit Nicotinsäure haben sich bereits bei vielen seelischen Störungen bewährt.

Da man weiß, daß Nicotinsäure am Gehirnstoffwechsel beteiligt ist, lassen sich diese Heilerfolge auch erklären. An psychiatrischen Kliniken in der Bundesrepublik werden Nervenkrankheiten mit Nicotinsäure behandelt - in einer Dosierung von täglich 3 bis 10 Gramm! Da der Stoff ungiftig ist, sind unerwünschte Nebenwirkungen nicht zu befürchten. Nicotinsäure ist wie alle Vitamine der B-Gruppe wasserlöslich, jedes Zuviel im Körper wird von den Nieren wieder ausgeschieden.

Ein gesunder Erwachsener kommt mit 10 bis 25 Milligramm Nicotinsäure pro Tag aus. Bei schwerer körperlicher Arbeit, während der Schwangerschaft und in der Stillzeit ist der Tagesbedarf erhöht. Zeigen sich Anzeichen von Pellagra, muß das Vierfache des Normalbedarfs eingenommen werden.

Der Tagesbedarf an Nicotinsäure ist in 120 Gramm Kalbsleber, in 200 Gramm Kalbsnieren oder in 90 Gramm gerösteten Erdnüssen enthalten. Besonders reich an Nicotinsäure sind Hefe und Pilze.

Verbraucher-Tip:

Interessanterweise enthält auch gerösteter Kaffee eine größere Menge dieses B-Vitamins. Je stärker die Kaffeebohnen gebrannt sind, desto mehr

Nicotinsäure enthalten sie. Eine Tasse Kaffee, wie man sie in unseren Breiten zu trinken gewohnt ist, enthält immerhin 1 bis 2 Milligramm Nicotinsäure. Kaffeetrinker decken also ihren Bedarf an Nicotinsäure schon zu einem beträchtlichen Teil.

Die Namensverzeichnisse der verschiedenen Forschungsgruppen haben gerade in puncto Nicotinsäure viel Verwirrung gestiftet. International gebräuchlich ist heute die Bezeichnung Nicotinsäure, aber man hat das Vitamin auch Nicotinamid, Niacinamid, PP-Faktor, Antipellagra-Vitamin und B_3 genannt. Wer Nicotinsäure beim Apotheker sucht, sollte am besten ein Multivitamin-Präparat der B-Gruppe mit Nicotinsäure verlangen – sonst wird möglicherweise ein unwissendes Kopfschütteln die Folge sein.

Tagesbedarf an Nicotinsäure = 10–25 Milligramm

Menüvorschlag: Geschmorte Kalbsnierchen mit Püree

Frühstück (500 kcal/2200 kJ):
Rührei, zwei Scheiben Vollkornbrot, zwei Teelöffel Butter, 100 Gramm Quark und Marmelade.

Mittagessen (870 kcal/3650 kJ):
200 Gramm Kalbsnieren putzen, klein schneiden und eine Stunde in Essigwasser legen. Drei Zwiebeln mit den Nieren anschmoren, ein halbes Lorbeerblatt zugeben und 15 Minuten garen. Mit Mehl bestäuben, etwas Wasser zugießen und mit Hefeextrakt, Salz und Pfeffer abschmecken. Dazu Kartoffelpüree aus drei Kartoffeln, einem Teelöffel Butter und etwas Milch; eine Portion Kopfsalat in Joghurt-Zitronen-Marinade.

Abendessen (480 kcal/2020 kJ):
Zwei Scheiben Vollkornbrot, zwei Teelöffel Butter, 30 Gramm Leberwurst, 30 Gramm Käse, eine geraffelte Paprikaschote, ein Beutel geröstete Erdnüsse.

Dieser Tagesplan enthält ca. 27,5 Milligramm Nicotinsäure.
Gesamt: 1850 kcal/7800 kJ.

Nicotinsäure-Nährwert-Tabelle

Mittelwerte für 100 g pro eßbarem Anteil
μg = Mikrogramm, mg = Milligramm, g = Gramm

Zum Vergleich:
Muttermilch 0,170 mg

MILCH UND MILCHPRODUKTE	
Vollmilch	0,090 mg
Magermilch	0,095 mg
Buttermilch	0,100 mg
Kondensmilch, 10 %	0,260 mg
Sahne, 30 %	0,080 mg
Joghurt, 3,5 %	0,090 mg
Joghurt, 0,3 %	0,092 mg
Gouda, 45 %	0,100 mg
Edamer, 45 %	0,069 mg
Brie, 50 %	1,130 mg
Camembert, 60 %	1,180 mg
Quark, 40 %	0,120 mg
Schmelzkäse, 45 %	0,220 mg
FETTE	
Butter	0,034 mg
EI	
Hühnerei	0,083 mg
FLEISCH	
Corned Beef	3,200 mg
Hammelfleisch	5,200 mg
Kalbfleisch	6,300 mg
Rindfleisch	4,870 mg
Rinderleber	14,700 mg
Schweinefleisch	3,700 mg
Schweineleber	15,700 mg
Schweineschinken	3,500 mg
Ente	3,500 mg
Huhn	6,800 mg
Hühnerleber	11,600 mg
WURST	
Blutwurst	1,200 mg
Bratwurst	3,200 mg
Cervelatwurst	4,000 mg
deutsche Salami	2,600 mg
Leberwurst	3,600 mg
Weißwurst	2,380 mg
FISCH	
Aal, geräuchert	3,500 mg
Auster	2,170 mg
Forelle	3,410 mg
Heilbutt	5,900 mg
Hering	3,800 mg
Karpfen	1,900 mg
Makrele	7,500 mg
Ölsardinen	6,480 mg
Rotbarsch	2,500 mg
Schellfisch	3,100 mg
Thunfisch	8,500 mg
REIS	
Reis, unpoliert	5,200 mg
Reis, poliert	1,300 mg
GETREIDE	
Haferflocken	1,000 mg
Weizenkleie	17,700 mg

BROT	
Brötchen	1,100 mg
Knäckebrot	1,100 mg
Roggenbrot	0,920 mg
Vollkornbrot	3,300 mg
Weißbrot	0,850 mg
Zwieback	1,300 mg

TEIGWAREN	
Nudeln	1,900 mg

GEMÜSE	
Artischocke	0,900 mg
Blumenkohl	0,600 mg
Brunnenkresse	0,650 mg
Chinakohl	0,400 mg
Erbsen	2,380 mg
Feldsalat	0,380 mg
grüne Bohnen	0,570 mg
grüner Paprika	0,330 mg
Grünkohl	2,100 mg
Gurke	0,200 mg
Kartoffel	1,220 mg
Knollensellerie	0,900 mg
Kohlrabi	1,800 mg
Kopfsalat	0,320 mg
Linsen	2,200 mg
Löwenzahnblätter	0,800 mg
Mais	1,700 mg
Möhren	0,580 mg
Petersiliengrün	1,350 mg
Petersilienwurzel	2,000 mg
Rettich	0,400 mg
Rhabarber	0,250 mg
Rosenkohl	0,670 mg
rote Bete	0,230 mg
Sauerkraut	0,170 mg
Schnittlauch	0,600 mg
Sojabohnen	2,510 mg
Spargel	1,000 mg
Spinat	0,620 mg
Tomaten	0,530 mg
weiße Bohnen	2,100 mg
Weißkohl	0,320 mg
Wirsing	0,330 mg
Zwiebel	0,200 mg
Champignons	5,200 mg
Pfifferlinge	6,500 mg

OBST	
Apfel	0,300 mg
Apfelsine	0,300 mg
Aprikose	0,770 mg
Banane	0,650 mg
Birne	0,220 mg
Brombeeren	0,400 mg
Erdbeeren	0,510 mg
Grapefruit	0,240 mg
Holunderbeeren	1,480 mg
Johannisbeeren, rot	0,230 mg
Johannisb., schwarz	0,280 mg
Kirsche, sauer	0,400 mg
Kirsche, süß	0,270 mg
Kiwi	0,410 mg
Pfirsich	0,850 mg
Pflaume	0,440 mg
Sanddornbeeren	0,260 mg
Weintrauben	0,230 mg
Zitrone	0,170 mg

GETRÄNKE	
Apfelsaft	0,300 mg
Orangensaft, frisch	0,290 mg
Orangens., Handelsw.	0,250 mg
Tomatensaft	0,720 mg
Traubensaft	0,180 mg

GETRÄNKE	
Zitronensaft	0,100 mg
Weißwein	0,100 mg
Vollbier, dunkel	0,880 mg
Vollbier, hell	0,880 mg
Kaffee, geröstet	13,800 mg

DIVERSES	
Ananas, in Dosen	0,200 mg
Aprikosenkonfitüre	1,000 mg
Erdbeerkonfitüre	0,300 mg
Blütenhonig	0,130 mg
Eiscreme	0,098 mg
Kakaopulver	1,900 mg
Milchschokolade	0,570 mg
Rosinen	0,500 mg
Erdnüsse, geröstet	14,300 mg
Walnüsse	1,000 mg
Bäckerhefe	17,400 mg
Bierhefe	44,800 mg
Kartoffelchips	3,400 mg
Mayonnaise	0,200 mg
Tomatenketchup	0,600 mg

Vitamin B_6 (Pyridoxin)

Vorsicht mit der Antibabypille

DER FALL:

Schwester Mary erschrak. Einer der Säuglinge in der Babystation litt unter merkwürdigen Krämpfen. Sie rief den Oberarzt. »Es handelt sich um epileptische Anfälle«, diagnostizierte der Mediziner, nachdem er das Kind untersucht hatte.

In den nächsten Tagen geriet das Personal der Kinderstation in helle Aufregung. Immer mehr Babys wurden von diesen bedrohlichen Krämpfen geschüttelt. Das konnte nicht mit rechten Dingen zugehen! Und dann – als man das Trockenmilchpulver, mit dem die Säuglinge gefüttert wurden, untersuchte – fand man des Rätsels Lösung: Bei der Herstellung war dieser Milchersatz so großer Hitze ausgesetzt worden, daß das darin enthaltene Vitamin B_6 zerstört worden war. Als man die Babys daraufhin reichlich mit diesem Vitamin versorgte, verschwanden die Krankheitssymptome so rasch, wie sie aufgetaucht waren.

Dieser Zwischenfall, der sich Anfang der fünfziger Jahre an einer großen Klinik in den USA abspielte, gehört zu den seltenen Beobachtungen, bei denen ein rapider Vitamin-B_6-Mangel beim Menschen festgestellt wurde. Die meisten Kenntnisse über Mangelerscheinungen gehen auf die Erfahrungen bei Tierversuchen zurück.

Allerdings haben neuere Untersuchungen eindeutig zutage gebracht, daß die langjährige Einnahme der Antibabypille – rund 55 Millionen Frauen auf der ganzen Welt schlucken sie täglich – zu einer Verminderung des lebenswichtigen Vitamins B_6 im Körper führen kann. Die Hormontabletten wirken auf Vitamin B_6 derart ein, daß es vermehrt über den Harn ausgeschieden wird. Solche Wechselwirkungen zwischen Medikamenten und Nährstoffen wurden erst in den letzten Jahren gründlich erforscht. So fand man andererseits heraus, daß Vitamin B_6 in der Lage ist, die möglichen schädlichen Nebenwirkungen von Rheumamitteln und Cortisontabletten abzuschwächen oder gar zu verhindern.

Auf einen Mangel an Vitamin B_6 – auch Adermin oder Pyridoxin genannt – reagiert der Organismus mit Stoffwechselentgleisung, Funktionsstörungen der Leber, des Nervensystems und der Haut. Insbesondere können bei einem Fehlen von B_6 Calcium und Phosphor nicht richtig verwertet werden, und auch die Eisenaufnahme wird beeinträchtigt, so daß es zu Blutarmut kommen kann (Eisen ist ein Bestandteil des roten Blutfarbstoffes). Dies ist vielleicht die Erklärung, warum Frauen, die empfängnisverhütende Hormonpillen einnehmen, häufig auch unter Blutarmut leiden.

Besonders wichtig ist Pyridoxin für die Verarbeitung von Eiweiß und ungesättigten Fettsäuren. Bei einem Mangel an Vitamin B_6 verliert der Organismus die Fähigkeit, Eiweiß in Fette umzubauen, so daß die Bildung der ungesättigten Fettsäuren unterbleibt.

Bei der Behandlung von Nervenkrankheiten hat sich Vitamin B_6 als sehr hilfreich erwiesen. Bei kindlichen Hirnschäden ließ sich durch eine Dauertherapie erreichen, daß die Kinder körperlich frischer und geistig aktiver wurden. Auch die Neigung zu kindlichen Krämpfen und Gleichgewichtsstörungen ließ sich günstig beeinflussen. Bei Patienten mit Schüttellähmung konnte nach hohen Gaben von Vitamin B_6 das Gliederzittern gemildert werden. Allerdings nahmen diese Patienten ein bis drei Jahre lang täglich 300 bis 600 Milligramm (!) des Vitamins ein.

Seit der Entdeckung des Pyridoxins im Jahre 1938 hat man echte Mangelerkrankungen jedoch fast ausschließlich in Tierversuchen beobachtet. In unseren Nahrungsmitteln ist Vitamin B_6 so weit verbreitet, daß man den Tagesbedarf von 1 bis 2 Milligramm unschwer durch eine gesunde Mischkost decken kann.

Besonders reichlich kommt Vitamin B_6 in Hefe, Leber, Schweinefleisch, Salaten, Gemüsepflanzen und Mais vor.

VERBRAUCHER-TIP:
Beim normalen Kochvorgang wird Vitamin B_6 nicht zerstört, löst sich aber im Kochwasser. Deshalb ist es ratsam, das Kochwasser bei der Speisenzubereitung mitzuverwenden. Pyridoxin ist jedoch besonders lichtempfindlich. Die kluge Hausfrau bewahrt deshalb ihre Nahrungsvorräte im Kühlschrank oder in einer dunklen Ecke der Speisekammer auf.

Hefe heilt die Haut

Als wahres Wundermittel gegen Hautprobleme verschiedenster Art feiert die gute alte Bierhefe ein Comeback. Nach dem neuesten Stand der Forschung enthält die mikroskopisch kleine Hefezelle 17 Vitamine, 16 Aminosäuren und 14 Mineralstoffe und Spurenelemente. Wen wundert es da noch, wenn Hefetabletten regelrecht als Arzneimittel gehandelt werden? Auch die äußerliche Anwendung von Bierhefe bei Hauterkrankungen wird sehr empfohlen.

Die Heilwirkung der Bierhefe war schon den alten ägyptischen Ärzten bekannt. Durch Jahrtausende wurde die Nützlichkeit der Hefe bei der Behandlung von Ekzemen, Flechten, Pilzerkrankungen, Akne und Schuppenflechte beobachtet. Aber erst in jüngster Zeit ließ sich ihre wachstumshemmende und abtötende Wirkung auf krankmachende Bakterien nachweisen.

In einem einzigen Teelöffel Trockenhefe stecken rund zehn Millionen Hefezellen – das ist eine geballte Ladung Kraftnahrung. Vor etwa fünfzig Jahren begann man, die Bierhefe – Abfallprodukt der großen Brauereien – als Viehfutter in der Landwirtschaft zu testen. Der Nutzeffekt war enorm: Hühner legten pro Jahr hundert Eier mehr, Kühe gaben jährlich rund tausend Liter mehr Milch! Interessanterweise schienen Schweine nicht von der Superhefe zu profitieren. Das Geheimnis wurde rasch entdeckt. Lebende Hefezellen sind vor den Verdauungssäften des Schweinemagens geschützt. Dies trifft auch, wie man herausfand, beim Menschen zu. Deshalb nützt es überhaupt nichts, rohe Hefe zu essen. Hefepräparate sind durchwegs aufbereitet, damit sie überhaupt verdaut werden können.

Bierhefe, in Apotheken und Reformhäusern erhältlich, gibt es als Trinkbrühe, in Form von Brotaufstrichen, als flockenförmige Streuwürze, aber auch als Salbe gegen Hautkrankheiten.

Tagesbedarf an Vitamin B_6 = 1–2 Milligramm

Menüvorschlag: Schweineschnitzel mit Blumenkohl

Frühstück (460 kcal/1950 kJ):
Müsli aus drei Eßlöffel Haferflocken, einer kleinen Banane, einem Glas Milch und einem Teelöffel Honig. Dazu eine Scheibe Vollkornbrot, Butter und 100 Gramm Quark.

Mittagessen (630 kcal/2480 kJ):
Eine Portion Blumenkohl gar dämpfen; zwei Teelöffel Butter zerlassen, einen Beutel Paniermehl zugeben, bräunen und über den Blumenkohl gießen. Schnitzel gar braten und mit drei kleinen Kartoffeln zum Kohl servieren.

Abendessen (590 kcal/2480 kJ):
Einen Maiskolben rösten und mit Kräuterbutter bestreichen. Dazu zwei Scheiben Vollkornbrot mit Butter und einer Scheibe Kochschinken; mit einem Teelöffel Hefeextrakt bestreuen.

Dieser Tagesplan enthält ca. 5,2 Milligramm Vitamin B_6.
Gesamt: 1680 kcal/6910 kJ.

VITAMIN-B_6-NÄHRWERT-TABELLE

Mittelwerte für 100 g pro eßbarem Anteil
µg = Mikrogramm, mg = Milligramm, g = Gramm

Zum Vergleich:
Muttermilch 0,013 mg

MILCH UND MILCHPRODUKTE	
Vollmilch	0,046 mg
Magermilch	0,050 mg
Buttermilch	0,040 mg
Kondensmilch, 10 %	0,077 mg
Sahne, 30 %	0,036 mg
Joghurt, 3,5 %	0,046 mg
Joghurt, 0,3 %	0,047 mg
Gouda, 45 %	0,080 mg
Brie, 50 %	0,230 mg
Camembert, 60 %	0,200 mg
Quark, 40 %	0,080 mg
Schmelzkäse, 45 %	0,070 mg

FETTE	
Butter	5,000 µg
Margarine	3,000 µg

EI	
Hühnerei	0,120 mg

FLEISCH	
Corned Beef	0,060 mg
Kalbfleisch	0,400 mg
Rindfleisch	0,500 mg
Rinderleber	0,710 mg
Schweinefleisch	0,400 mg
Schweineleber	0,590 mg
Schweineschinken	0,400 mg
Huhn	0,500 mg
Hühnerleber	0,800 mg

FISCH	
Aal, geräuchert	0,160 mg
Auster	bis 0,320 mg
Heilbutt	0,420 mg
Hering	0,450 mg
Karpfen	0,150 mg
Makrele	0,630 mg
Ölsardinen	0,220 mg
Thunfisch	0,460 mg

REIS	
Reis, unpoliert	0,675 mg
Reis, poliert	0,150 mg

GETREIDE	
Haferflocken	0,160 mg
Weizenkleie	2,500 mg

BROT	
Brötchen	0,130 mg
Knäckebrot	0,300 mg
Roggenbrot	0,220 mg
Vollkornbrot	0,360 mg
Weißbrot	0,140 mg
Zwieback	0,090 mg

TEIGWAREN	
Nudeln	0,060 mg

GEMÜSE	
Blumenkohl	0,200 mg
Erbsen	0,160 mg
Feldsalat	0,300 mg
grüne Bohnen	0,280 mg
grüner Paprika	0,270 mg
Grünkohl	0,250 mg
Gurke	0,035 mg
Kartoffel	0,210 mg
Knollensellerie	0,200 mg
Kohlrabi	0,120 mg
Kopfsalat	0,055 mg
Linsen	0,600 mg
Mais	0,220 mg
Möhren	0,093 mg
Petersiliengrün	0,200 mg
Petersilienwurzel	0,230 mg
Rettich	0,060 mg
Rhabarber	0,035 mg
Rosenkohl	0,280 mg
rote Bete	0,050 mg
Sauerkraut	0,210 mg
Sojabohnen	1,190 mg
Spargel	0,060 mg
Spinat	0,220 mg
Tomaten	0,100 mg
weiße Bohnen	0,280 mg
Weißkohl	0,110 mg
Wirsing	0,300 mg
Zwiebel	0,130 mg
Champignons	0,065 mg

OBST	
Apfel	0,045 mg
Apfelsine	0,050 mg
Aprikose	0,070 mg
Banane	0,370 mg

OBST	
Birne	0,015 mg
Brombeeren	0,050 mg
Erdbeeren	0,060 mg
Grapefruit	0,028 mg
Holunderbeeren	0,250 mg
Johannisbeeren, rot	0,045 mg
Johannisb., schwarz	0,080 mg
Kirsche, süß	0,045 mg
Pfirsich	0,026 mg
Pflaume	0,045 mg
Sanddornbeeren	0,110 mg
Weintrauben	0,073 mg
Zitrone	0,060 mg

GETRÄNKE	
Apfelsaft	0,050 mg
Orangensaft, frisch	0,050 mg
Orangens., Handelsw.	0,028 mg
Tomatensaft	0,110 mg
Traubensaft	0,022 mg
Rotwein	0,020 mg
Weißwein	0,020 mg
Sekt, weiß	0,020 mg
Vollbier, dunkel	0,050 mg
Vollbier, hell	0,050 mg
Kaffee, geröstet	1,000 μg

DIVERSES	
Ananas, in Dosen	0,070 mg
Kakaopulver	0,070 mg
Milchschokolade	0,050 mg
Rosinen	0,110 mg
Erdnüsse, geröstet	0,400 mg
Walnüsse	0,870 mg
Bäckerhefe	0,810 mg
Bierhefe	4,410 mg
Tomatenketchup	0,130 mg

Vitamin B_{12} (Cobalamin)
Wichtiger Baustein für das Blut

DER FALL:
Englische Ärzte fanden kürzlich heraus, daß vegetarisch ernährte Kinder kleiner und leichter sind als ihre Altersgenossen. Es gab jedoch keine Anzeichen für eine etwaige Unterernährung. Es wird allerdings vermutet, daß hinter dieser Eigentümlichkeit ein Vitamin-B_{12}-Mangel steckt. Das »rote Vitamin« ist nämlich nur in sehr geringer Menge in pflanzlicher Nahrung enthalten. Untersuchungen an der Washington-Universität (St. Louis, USA) haben ergeben, daß 75 Prozent aller strengen Vegetarier eine verminderte Vitamin-B_{12}-Konzentration im Blutserum aufweisen.

Die Wirkungsweise von Cobalamin ist recht kompliziert. In der Reihe des Vitamin-B-Komplexes hat es die Ordnungszahl 12 erhalten. Wenn der menschliche Organismus überhaupt kein Vitamin B_{12} bekommt, führt der Mangel zur bösartigen Blutarmut, der perniziösen Anämie.

Diese gefährliche Blutkrankheit wurde schon vor mehr als hundert Jahren beschrieben. Noch 1926 starben in den Vereinigten Staaten sechstausend Menschen daran. Das einzige Gegenmittel, das man damals kannte, war Rinderleber. Heute weiß man, daß bereits 10 Gramm Rinderleber so viel Cobalamin enthalten, daß ein Erwachsener seinen Tagesbedarf damit decken kann. Vitamin B_{12} kann allerdings nur dann vom Organismus aufgenommen werden, wenn es sich im oberen Dünndarm mit einem bestimmten Ferment verbindet, das normalerweise in der Magenschleimhaut vorhanden ist. Fehlt diese Substanz, was auch erblich bedingt sein kann, kommt es ebenfalls zur bösartigen Blutarmut.

Menschen, die unter dieser Erkrankung leiden, haben eine blaßgelbliche Gesichtsfarbe und klagen über Zungenbrennen. Weitere Krankheitsanzeichen sind nervöse Störungen, Kribbeln in den Gliedmaßen, aber auch schwere Lähmungserscheinungen. Und das Blutbild verändert sich: Die roten Blutkörperchen werden überdurchschnittlich groß, ihre Gesamtzahl nimmt rapide ab.

Vitamin B_{12} ist in ausreichenden Mengen nur in tierischen Nahrungsmitteln enthalten. Schon 20 Gramm Käse oder ein Viertelliter Milch genügen, um den Tagesbedarf eines Erwachsenen zu decken. Besonders reichlich finden wir Cobalamin in Leber, Nieren, Fleisch und Zunge des Rindes, in Kalbfleisch und Kalbshirn, in gekochtem Schinken, Eiern, Milcherzeugnissen und Fisch.

Vitamin B_{12} und die Vegetarier

Der Vegetarismus kennt im wesentlichen zwei Formen – zum einen die ausschließlich pflanzliche Ernährung und zum anderen die gemilderte Form, bei der zwar auf Fleisch verzichtet wird, aber tierische Produkte wie Milch und Eier gegessen werden dürfen.

Vegetarier hat es zu allen Zeiten gegeben. In vielen Teilen der Welt wird schon seit Jahrtausenden aus religiösen Gründen fleischlos gegessen. Aber auch aus wirtschaftlichen Überlegungen heraus ist diese Ernährungsform sinnvoll: Rinder- und Schweinezucht sind aufwendig, das Fleisch teuer. Schließlich kommt aus ärztlicher Sicht ein Aspekt hinzu. Es gilt als erwiesen, daß übermäßiger Fleischgenuß zu Stoffwechselkrankheiten wie Rheuma und Gicht sowie zu überhöhtem Blutfettspiegel führen kann.

Immer wieder taucht die Frage nach den gesundheitlichen Schäden infolge eines Vitaminmangels bei Vegetariern auf. Vor allem ist eine Unterversorgung mit Vitamin B_{12} denkbar. Diese Substanz ist hauptsächlich in Fleisch und in tierischen Produkten, in pflanzlicher Kost jedoch nur in sehr geringen Mengen enthalten. Es gibt Untersuchungen, nach denen 75 Prozent aller strengen Vegetarier einen verminderten Vitamin-B_{12}-Spiegel im Blutserum aufweisen. Dennoch sind Ernährungsforscher heute der Ansicht, daß Erwachsenen eine rein vegetarische Kost nicht schaden kann. Aber Eltern, die sich streng vegetarisch ernähren, sollten für ihre Kinder unter fünf Jahren eine teilvegetarische Kost erlauben. In diesem Alter benötigen Kinder nämlich für den Aufbau der Knochen neben Cobalamin auch besonders viel Calcium, das hauptsächlich in Milch und in Milchprodukten enthalten ist.

Tagesbedarf an Vitamin B_{12} = 1–3 millionstel Gramm

Menüvorschlag: Hühnerfrikassee auf Reis

Frühstück (550 kcal/2300 kJ):
Ein Glas Orangensaft, zwei Scheiben Grahambrot, ein weichgekochtes Ei, eine Scheibe Käse, Kaffee oder Tee mit Milch und Zucker.

Mittagessen (825 kcal/3450 kJ):
Ein halbes Hühnchen kochen, aus der Hühnerbrühe eine holländische Sauce rühren, ausgelöstes Hühnerfleisch mit 150 Gramm Sojabohnensprossen dazugeben, zu einer Portion (65 Gramm) Vollreis servieren. Als Dessert: ein Vollmilch-Joghurt.

Abendessen (660 kcal/2750 kJ):
Zwei Scheiben Vollkornbrot mit Butter, dazu zwei Scheiben gekochter Schinken. Eine Flasche Bier oder Milch nach Belieben.

Dieser Tagesplan enthält ca. 2,8 Milligramm Vitamin B_{12}.
Gesamt: 2030 kcal/8510 kJ.

VITAMIN-B12-NÄHRWERT-TABELLE

Mittelwerte für 100 g pro eßbarem Anteil
µg = Mikrogramm, mg = Milligramm, g = Gramm

Zum Vergleich:
Muttermilch 0,050 µg

MILCH UND MILCHPRODUKTE			
Vollmilch	0,420 µg	Joghurt, 3,5 %	0,090 µg
Magermilch	0,300 µg	Joghurt, 0,3 %	0,430 µg
Buttermilch	0,200 µg	Edamer, 45 %	2,100 µg
Kondensmilch, 10 %	0,540 µg	Brie, 50 %	1,700 µg
Sahne, 30 %	0,400 µg	Quark, 40 %	0,720 µg
		Schmelzkäse, 45 %	0,250 µg

FETTE	
Butter	Spuren
EI	
Hühnerei	bis 3,130 µg
FLEISCH	
Corned Beef	2,000 µg
Kalbfleisch	1,200 µg
Rindfleisch	1,300 µg
Rinderleber	0,065 mg
Schweinefleisch	0,800 µg
Schweineleber	0,039 mg
Schweineschinken	0,100 µg
Huhn	0,500 µg
Hühnerleber	0,023 mg
WURST	
Blutwurst	0,045 mg
deutsche Salami	1,400 µg
FISCH	
Aal, geräuchert	1,000 µg
Auster	14,600 µg
Heilbutt	1,000 µg
Hering	8,500 µg
Makrele	9,000 µg
Ölsardinen	0,160 µg
Rotbarsch	3,800 µg
Schellfisch	bis 1,800 µg
Thunfisch	4,250 µg
GEMÜSE	
Gurke	0,010 µg
GETRÄNKE	
Vollbier, hell	bis 0,170 µg
Kaffee, geröstet	0,060 µg
DIVERSES	
Bierhefe	0,020 mg

Orotsäure (Vitamin B_{13})
Sie möbelt das Gedächtnis auf

Auf die Orotsäure soll nur kurz und der Vollständigkeit halber eingegangen werden. Die Orotsäure wurde 1904 in der Molke entdeckt. Sie kommt aber auch in Milch und in Hefe vor. Da ihr sehr wichtige Funktionen im Organismus zufallen, die einem Vitamincharakter entsprechen, erhielt sie die Bezeichnung Vitamin B_{13}. Inzwischen weiß man, daß Orotsäure auch vom Organismus hergestellt werden kann, so daß der Vitaminbegriff nicht zutreffend ist.

Vorzeitiges Altern ist nicht nur eine Folge funktioneller Kreislaufstörungen. Es wird wesentlich durch einen Verlust an Zellmaterial gekennzeichnet, der durch verzögerte Wachstumsprozesse hervorgerufen wird und seinen Ausdruck im altersbedingten Gewichtsverlust der inneren Organe findet. Dieser Faktor wird durch die Orotsäure beeinflußt. Orotsäure setzt eine vermehrte Eiweiß- und Nukleinsäure-Synthese in Gang. Sie wird direkt in der Leber aus dem Blutkreislauf aufgenommen und dient als Ausgangsstoff für die Nukleinsäure-Synthese. Orotsäure, die man schluckt, erspart der Leberzelle eine energiezehrende Arbeit und ermöglicht die Regeneration von Nukleinsäuren und anderen wertvollen Stoffwechselprodukten. Die Nukleinsäuren stärken das Erinnerungsvermögen, verbessern die Merkfähigkeit und fördern das Konzentrationsvermögen, weshalb man die Orotsäure auch gern als »Gedächtnis-Wirkstoff« bezeichnet. Das ist der Grund, warum Orotsäure nicht selten Vitaminpräparaten beigemischt wird.

Vitamin B_{15} (Pangamsäure)
Der Superstoff aus Aprikosen

DER FALL:

In zahlreichen Tierexperimenten hat man Erstaunliches über die Pangamsäure herausgefunden. So wurde zum Beispiel Katzen, denen man drei Tage lang hohe Dosen Vitamin B_{15} gespritzt hatte, die linke Herzkranzarterie abgebunden. Aber erst nach längerer Zeit stellten sich Unregelmäßigkeiten in der Herzschlagfolge ein. Bei einer Vergleichsgruppe, die das Vitamin nicht bekommen hatte, führte dieser künstlich erzeugte Herzinfarkt sofort zum gefürchteten Kammerflimmern und damit zum Tod. Vitamin B_{15} ist also eine Zeitlang in der Lage, einen plötzlichen Sauerstoffmangel des Herzens auszugleichen!

Mit der Entdeckung vieler Vitamine hat sich die Wissenschaft zweifellos große Verdienste erworben. Einige dieser unerläßlichen Lebensstoffe wurden aber zunächst wie Wunderdrogen gefeiert – dann erst stellte sich ihr geringer Wert heraus, und sie verschwanden wieder in der Versenkung. Vielleicht ist das der Grund, warum man Vitamin B_{15} bisher nur zögernd in die Therapie von zahlreichen Krankheiten eingebaut hat, obwohl seine Wirksamkeit nahezu die ganze übrige Palette der Vitamine in den Schatten zu stellen scheint. Allerdings streiten die Wissenschaftler immer noch um die Frage, ob die Substanz B_{15} auch tatsächlich Vitamincharakter besitzt. Bezeichnend ist, daß es bis heute keine offiziellen Nahrungsmittel-Analysen für B_{15} gibt und somit auch noch keine Nährwert-Tabellen vorliegen.

Das Vitamin mit der letzten Ordnungszahl der B-Gruppe tritt in der Natur meist dort auf, wo auch der restliche Vitamin-B-Komplex zu finden ist: in Hefe, Reiskleie, Leber, Tierblut und vielen Gemüsesorten und Früchten.

Der amerikanische Wissenschaftler ERNST T. KREBS hat Vitamin B_{15} bereits 1938 in Aprikosenkernen nachgewiesen. Aber erst in den fünfziger Jahren gelang es, die Substanz aus Reiskleie zu isolieren und Vitamin B_{15} auch künstlich herzustellen.

Inzwischen haben umfangreiche Untersuchungen in aller Welt die verblüffenden Eigenschaften des wasserlöslichen Vitamins deutlich gemacht. B_{15}, mit dem chemischen Namen Pangamsäure, regt vor allem die Stoffwechselvorgänge in Muskel- und Nervenzellen, aber auch in den Organen wie Leber, Niere und Herz sowie in der Großhirnrinde und im Bindegewebe an. Laienhaft ausgedrückt: Vitamin B_{15} zwingt die Zellen, den lebenswichtigen Sauerstoff besser zu verarbeiten. Damit aber gewinnt es Einfluß auf den ganzen Körper und die meisten seiner Erkrankungen.

Was lag näher, als Pangamsäure nun auch bei verschiedenen Herzkrankheiten, zum Beispiel bei der Angina pectoris, der gefährlichen »Brustenge«, einzusetzen? In der Tat verloren viele Patienten schon bald ihre pectanginösen Beschwerden – anfallsartige Herzkrämpfe, die mit Todesangst verbunden sind –, nachdem sie mit Vitamin B_{15} behandelt worden waren. Bereits nach zehn Tagen wurden die Anfälle seltener, waren die typischen Begleiterscheinungen verschwunden.

Forschungsberichte aus aller Welt lassen wieder einmal an eine Wunderdroge glauben. Einige der wissenschaftlichen Arbeiten seien hier angeführt:

- In Berlin wurden 121 Patienten mit chronischem Leberschaden, Angina pectoris und vegetativer Dystonie drei Monate lang mit Vitamin B_{15} behandelt. Vierzig der dreiundvierzig Leberpatienten hatten nach dem Versuch bessere Leberwerte; die Patienten mit den Angina-pectoris-Anfällen bekamen größtenteils keine Beschwerden mehr, und die Mehrzahl der vegetativ Erkrankten wurden ebenfalls ihre Symptome los.
- In San Franzisko stellten der Entdecker ERNST T. KREBS und seine Mitarbeiter fest, daß Pangamsäure bei rheumatischen Erkrankungen fast ebensogut hilft wie das gefährliche Cortison. Die Wirkung tritt zwar langsamer ein, hält dafür aber länger vor.
- In Moskau fand man heraus, daß Vitamin B_{15} langjährige Alkoholiker innerhalb von nur vier Wochen von ihrer Sucht befreien konnte!

Da das Vitamin die Sauerstoffversorgung aller Zellen verbessert, ist es vor allem bei jenen Krankheiten von Nutzen, die auf einen Sauerstoffmangel zurückzuführen sind: Raucherbein, Arteriosklerose, Migräne, Durchblutungsstörungen und andere Gefäßleiden sowie zu schnell auftretende Erschöpfungszustände.

Wegen seiner Ungiftigkeit ist Vitamin B_{15} in allen Apotheken rezeptfrei erhältlich. Der Tagesbedarf eines gesunden Erwachsenen beträgt 2 Milligramm. Aber sogar 100 Milligramm pro Tag sind ungefährlich. Noch nie wurden unerwünschte Nebenwirkungen beobachtet. Giftigkeit liegt erst bei der 100 000fachen Dosis vor!

Allerdings ist die Pangamsäure ein Vitamin für die Langzeitbehandlung. Besserungen zeigen sich frühestens nach drei Wochen - mit Heilerfolgen ist erst nach drei Monaten zu rechnen.

Tagesbedarf an Vitamin B_{15} = 2 Milligramm

Menüvorschlag: Putensteak Berliner Art

Frühstück (500 kcal/2090 kJ):
Müsli aus drei Eßlöffel Milch, einem Eßlöffel Haferflocken, zwei Eßlöffel Reiskleie, einem geraffelten Apfel, Rosinen und einem Teelöffel Honig. Eine Scheibe Toast mit Butter, Quark, Aprikosenmarmelade.

Mittagessen (900 kcal/3770 kJ):
200 Gramm Putensteak in feine Streifen schneiden und in heißem Fett anbräunen. Kleingeschnittenen Apfel, Zwiebel sowie 125 Gramm Champignons dazugeben und gar schmoren. Mit Salz, Curry, Pfeffer und Hefeextrakt würzen. Zu Kartoffelpüree und Feldsalat servieren. Als Dessert: Je nach Jahreszeit Aprikosen aus der Dose oder frisch aus dem Garten.

Abendessen (630 kcal/2640 kJ):
Für eine Pizza Hefeteig aus 100 Gramm Mehl zubereiten. Auf gefettetem Blech ausbreiten, mit Tomaten und Salami belegen, mit Majoran, Thymian, Rosmarin und geriebenem Käse bestreuen. Mit Öl beträufeln und im Backofen backen.

Dieser Tagesplan enthält 5 Milligramm Vitamin B_{15}.
Gesamt: 2030 kcal/8500 kJ.

Vitamin C (Ascorbinsäure)

Skorbut fürchteten die Seeleute mehr als den Klabautermann

DER FALL:

Der schwedische Professor DR. LEIF HALLBERG *von der Universität Göteborg rät vor allem Frauen zu Vitamin-C-reicher Ernährung oder ersatzweise zu Vitamin-C-Präparaten. Vitamin C kann nämlich die Eisenverwertung des Körpers um das Dreifache steigern. Statistiken zufolge leiden aber rund 70 Prozent aller Frauen unter Eisenmangel – der wichtigsten Ursache für Blutarmut. Messungen des schwedischen Professors ergaben, daß 50 Milligramm Vitamin-C-Pulver – unmittelbar vor dem Servieren auf eine Pizza gestreut – die Eisenaufnahme in den Körper um das 2,3fache erhöht. Die gleiche Zusatzmenge an Vitamin C erhöht bei einer Mahlzeit aus gebratenem Hackfleisch, grünen Bohnen und Kartoffelpüree die Eisenaufnahme sogar um 50 Prozent.*

Offenbar ist es unwichtig, in welcher Form Vitamin C in den Magen-Darm-Trakt gelangt. Ausschlaggebend ist, daß es gleichzeitig mit dem in der Nahrung enthaltenen Eisen aufgenommen wird. Wer morgens eine Vitamin-C-Tablette einnimmt, hat bereits mittags keinen Nutzen mehr davon. Leider ist es ein weitverbreiteter Irrtum, daß Vitamin C mit jeder Erkältungskrankheit spielend fertig wird. Vitamin C steigert zwar die körpereigenen Abwehrkräfte und trägt somit zum Schutz vor Ansteckung bei. Es ist auch erwiesen, daß der Organismus bei Erkältungskrankheiten riesige Mengen an Vitamin C benötigt. Aber wer sich einmal Schnupfenviren eingehandelt hat, der wird sie auch durch erhöhte Dosen von Vitamin C nicht von heute auf morgen wieder los. Im Volksmund sagt man vom ansteckenden Schnupfen: »Drei Tage kommt er, drei Tage steht er, drei Tage geht er.« Mit oder ohne Doktor also neun Tage. Und so ist es auch.

Der amerikanische Nobelpreisträger für Chemie LINUS PAULING hat zwar schon 1970 behauptet: »Seit ich täglich ein bis zwei Gramm Vitamin C schlucke, bin ich nie mehr erkältet gewesen.« Zahlreiche Wissenschaftler haben DR. PAULINGs Erfahrungen untersucht, aber sie konnten nicht zu den gleichen Resultaten kommen.

Eine der jüngsten Vitamin-C-Studien wurde in Zusammenarbeit der Universität Indiana (USA) mit dem Medical College von Virginia (USA) durchgeführt. Um die Wirkung von Vitamin C auf Erkältungen zu prüfen, wurden vierundvierzig eineiige Zwillingspaare im Alter zwischen acht und fünfzehn Jahren beobachtet. Der eine Zwilling bekam fünf Monate hindurch täglich zweimal Vitamin C, das Geschwisterkind hingegen nur ein Scheinpräparat.

Alle Versuchsteilnehmer wurden nach ihrem Gewicht in drei Gruppen eingeteilt. Eine Gruppe erhielt täglich 500 Milligramm Vitamin C, die zweite 750 Milligramm, die dritte 1000 Milligramm. Die Mütter bekamen eine Tabelle, um den Schweregrad der Erkrankung abschätzen zu können. In der Hauptsache wurden folgende Einzelheiten während der Erkältungsperioden der Kinder aufgelistet: die Häufigkeit der Erkältung, die Gesamtdauer während des Untersuchungszeitraumes, die durchschnittliche Dauer der jeweiligen Erkrankung, der durchschnittliche Schweregrad der Erkältung und die Anzahl der Tage, die ein erkranktes Kind im Bett verbringen mußte. Das Ergebnis der Studie zeigte: Im allgemeinen war kein wesentlicher Unterschied zwischen den Kindern, die Vitamin C bekommen hatten, und ihren Geschwistern, denen keines verabreicht worden war, festzustellen. Interessanterweise verliefen nur bei den beiden jüngsten Gruppen der Mädchen-Zwillinge und bei der jüngsten Gruppe der Knaben-Zwillinge die Erkältungen deutlich kürzer und weniger schwer.

Als verblüffenden Nebeneffekt stellten die Wissenschaftler eine erstaunliche Tatsache fest: Ein Teil der jüngsten Gruppe der Knaben-Zwillinge, die Vitamin C schluckten, wuchs in den fünf Versuchsmonaten im Durchschnitt um 1,5 Zentimeter mehr als die Kinder in der Kontrollgruppe. Bisher konnte allerdings noch nicht geklärt werden, ob es sich dabei um einen Zufall handelte.

Gewiß ist Vitamin C unentbehrlich für den Körper, aber normalerweise nehmen wir mit abwechslungsreicher Ernährung genügend davon zu uns, so daß wir vor einer Vitamin-C-Mangelerkrankung ausreichend geschützt sind.

Die erste Vitamin-Mangelerkrankung, der man überhaupt auf die Spur kam, war der Skorbut. Die gefürchtete Seemannskrankheit wird in einem Logbuch aus dem Jahre 1541 so geschildert:

»Eine unbekannte Krankheit begann sich unter uns auszubreiten. Einige verloren all ihre Kraft. Dann schwollen ihre Beine an, die Muskeln schrumpften ein und wurden schwarz wie Kohle. Andere hatten ihre ganze Haut gefleckt, mit blutigen Stellen. Ihre Münder wurden stinkend. Ihr Zahnfleisch wurde so faul, daß alles Fleisch bis zu den Zähnen der Wurzel abfiel und diese beinahe ausfielen. Mit solcher Ansteckungskraft breitete sich die Krankheit aus, daß von 110 Personen, die wir waren, keine zehn gesund blieben.«

Monatelang hatten die Seeleute – auf drei Schiffen im Eis festgefroren – nichts anderes zu essen bekommen als Pökelfleisch und Schiffszwieback. Die Rettung kam schließlich von einheimischen Indianern: Sie brachten frische grüne Spitzen des Thujabaumes (den man bezeichnenderweise bei uns »Lebensbaum« nennt) aufs Schiff und ergänzten somit die Nahrung sinnvoll durch Vitamin-C-haltiges »Gemüse«. Schlagartig besserte sich der Zustand der Schiffsbesatzungen.

Skorbut war schon im Altertum bekannt. Auch aus der Wikingerzeit liegen Berichte über diese Mangelerkrankung vor. Bis zum 18. Jahrhundert litten Seeleute aller Nationen darunter. Tausende starben an Skorbut, ehe man erkannte, daß man die gefürchtete Seemannskrankheit allein mit Sauerkraut und Zitronensaft heilen konnte.

Warum ausgerechnet diese Nahrung half, blieb freilich vorerst verborgen. Erst seit 1920 kennt man den Wirkstoff Vitamin C. Als es 1943 gelang, den Stoff als Ascorbinsäure künstlich herzustellen, war sein Siegeszug bei der gesundheitsbewußt gewordenen Bevölkerung nicht mehr aufzuhalten.

Dabei kennt man praktisch schon seit Einführung der Kartoffel keinen Skorbut mehr in Europa. Denn Kartoffeln enthalten immerhin so viel Vitamin C, daß man schon mit 250 Gramm den Tagesbedarf eines Erwachsenen decken kann.

Verbraucher-Tip:

Beim Kartoffelkochen ist der Vitamin-C-Verlust besonders schlimm. Salzkartoffeln enthalten nur 20 Prozent Vitamin C, Pellkartoffeln hingegen 80 Prozent. Daher sollten Sie bedenken: Das Schälen von rohen Kartoffeln ist nicht weniger mühsam, als gegarte Kartoffeln zu pellen.

Frischkost ist immer gesünder als gelagerte Kost. Schon bei eintägiger Lagerung von Gemüse geht etwa die Hälfte des Vitamin-C-Gehalts verloren. Die kluge Hausfrau achtet deshalb immer auf frisches Gemüse.

Im Weißkohl ist Vitamin C in einer Vorstufe, dem sogenannten Ascorbigin, enthalten. Beim Kochvorgang wird das reine Vitamin C aus dem Ascorbigin freigesetzt. Im Gegensatz zu anderen Gemüsesorten verliert der Kohl also beim Kochen keine Vitamine, sondern er gewinnt sie!

Der Tagesbedarf eines Erwachsenen wird mit 75 bis 100 Milligramm Vitamin C angegeben. Das ist die Menge, die normalerweise vor einer Vitamin-C-Mangelerscheinung schützt. 100 Milligramm Vitamin C sind aber bereits im Saft von zwei Orangen oder zwei Zitronen oder einer Grapefruit enthalten.

VERBRAUCHER-TIP:
Hagebutten sind besonders reich an Vitamin C. Mit einem einzigen Löffel Hagebuttenkonfitüre kann ein Erwachsener seinen gesamten Tagesbedarf an Vitamin C decken. Und so stellt man den Brotaufstrich her: 500 Gramm entkernte Hagebutten in Gläser füllen, mit einem Schuß Rum angießen und einen Tag stehen lassen. Dann unter Beigabe von 500 Gramm Zucker mit dem Mixgerät zu Mus verarbeiten. Gläser luftdicht verschließen und kühl aufbewahren.

Ausgesprochene Vitamin-C-Bomben sind auch schwarze Johannisbeeren und frischer Paprika. Die grüne Paprikaschote zum Beispiel enthält dreimal soviel Vitamin C wie die so gerühmte Zitrone.

Es ist eine Ernährungssünde, einen Apfel zu schälen. Denn die Schale enthält doppelt soviel Vitamin C wie das Apfelfleisch selbst. Gewiß ist es heute notwendig, den Apfel vor dem Verzehr wegen der ihm möglicherweise anhaftenden Schadstoffe gründlich zu waschen. Man sollte auch wissen, daß Vitamin C zu den empfindlichsten Nahrungsmittelbestandteilen überhaupt gehört! Trocknen, etwa von Gemüseblättern oder Kräutertee, vernichtet den gesamten Gehalt an Vitamin C.

VERBRAUCHER-TIP:
Ein Viertel des Gemüses, zum Beispiel Spinat, Sauerkraut oder Grünkohl, in rohem Zustand mit dem Mixgerät zerkleinern. Diese Masse roh

zu den drei Vierteln des Gemüses geben, die gekocht worden sind. Das schmeckt ausgezeichnet und erhält enorm viel Vitamine.

Ein typisches Krankheitszeichen bei Vitamin-C-Mangel ist Zahnfleischbluten. Aber nicht jede Zahnbetterkrankung ist auf eine Unterversorgung des Körpers mit Vitamin C zurückzuführen. Bei Zahnfleischbluten kann schon eine Parodontose vorhanden sein. Deshalb ist es vernünftig, bei diesem Symptom den Zahnarzt aufzusuchen, um sich Klarheit zu verschaffen. Sonst wird womöglich noch eine hilfreiche und notwendige Behandlung versäumt.

Darüber hinaus kann ein Vitamin-C-Mangel zu Müdigkeit, Abgeschlagenheit, Konzentrationsschwäche und Leistungsabfall führen. Da diese Symptome bei vielen Krankheiten auftauchen, muß die exakte Diagnose einem Arzt überlassen werden.

Gerade in jüngster Zeit wurden Entdeckungen gemacht, die das vielgepriesene Vitamin C in noch hellerem Licht erglänzen lassen. So fanden amerikanische und russische Wissenschaftler unabhängig voneinander heraus, daß sich beim Gebärmutterhalskrebs im tumorösen Gewebe ein besonders niedriger Vitamin-C-Spiegel zeigt. Der logische Schluß daraus: Möglicherweise können sich sexuell aktive Frauen, die sehr häufig von dieser Krankheit betroffen werden, durch Einnahme von Vitamin C schützen. Überdies stellte man in einigen nordamerikanischen Staaten, in denen besonders viele Zitrusfrüchte gegessen werden, erheblich weniger Dickdarmkrebs fest als in anderen Ländern.

Auch in der Männerheilkunde macht Vitamin C von sich reden. So sind verklumpte, miteinander verklebte Samenfäden nicht selten die Ursache für Zeugungsunfähigkeit. Schon wenn nur 20 Prozent der Samenzellen miteinander verklebt sind – eine krankhafte Veränderung, die wahrscheinlich infolge einer Fehlsteuerung im körpereigenen Abwehrsystem auftritt –, kann eine Befruchtung unmöglich werden. In den meisten Fällen gelingt es, durch eine Medikamentation von einem Gramm Vitamin C über zwei Monate Heilung zu erzielen.

Gesichert ist, daß Raucher und Gewohnheitstrinker erhebliche Mengen an Vitamin C benötigen; 500 bis 1000 Milligramm werden empfohlen. Im Darm werden bei Rauchern etwa nur durchschnittlich 76 Prozent des in der Nahrung enthaltenen Vitamin C verwertet. Raucher laufen deshalb ein höheres Risiko, einen Vitamin-C-Mangel zu erleiden. In der Ausscheidung von Vitamin C durch die Niere besteht zwischen Rauchern und Nichtrauchern kein Unterschied.

VERBRAUCHER-TIP:
Wer zum Frühstück Tee trinkt, darf mit einer doppelt so hohen Eisenaufnahme aus seinem Frühstück rechnen, wenn er auch ein Glas Orangensaft (Vitamin C) zu sich nimmt. Bei Kaffeetrinkern ist die Eisenverwertung noch günstiger. Denn das im Tee befindliche Tannin hemmt die Eisenaufnahme. Es ist allerdings gleichgültig, ob die Vitamin-C-Quelle Orangensaft ist oder etwa aus einer Portion Blumenkohl (70 Milligramm Vitamin C) besteht.

Über die Einnahme von hohen Dosen Vitamin C zum Essen gibt es aber auch kritische Stimmen. Seit längerem ist nämlich bekannt, daß Vitamin C – etwa 0,5 Gramm zum Essen – das Nervenvitamin B_{12} in der gleichen Speise bis zu 95 Prozent zerstören kann. Die schädliche Wirkung von Vitamin C auf Vitamin B_{12} kommt vor allem dann zum Tragen, wenn es im Zeitraum zwischen einer Stunde vor dem Essen und einer Stunde danach eingenommen wird. Amerikanische Wissenschaftler haben in New York bei Patienten, die täglich ein Gramm Vitamin C verordnet bekommen hatten, deutlich niedrigere Blutserumwerte für Vitamin B_{12} ermittelt.

Eine deutsche Arzneimittelfirma hat kürzlich eine Vitamin-C-Kapsel auf den Markt gebracht, die – nach Einnahme – rund um die Uhr immer nur so viel Vitamin C freisetzt, wie der Körper braucht. Jede dieser Langzeitkapseln enthält 500 Milligramm Vitamin C – soviel wie ein Liter Orangensaft.

Tagesbedarf an Vitamin C = 75–100 Milligramm

Menüvorschlag: Salatplatte mit Spiegelei

Frühstück (460 kcal/1925 kJ):
Ein Glas Orangensaft, eine Scheibe Toast mit Hagebuttenmarmelade, ein weichgekochtes Ei, 100 Gramm Quark.

Mittagessen (800 kcal/3370 kJ):
Einen Kopf Salat waschen, putzen und auf einer Platte garnieren; eine Tomate, einen Kohlrabi, einen Bund Radieschen, eine halbe Salatgur-

ke und vier Pellkartoffeln kleingeschnitten auf dem Salat anrichten. Einen Eßlöffel Mayonnaise und einen Becher Joghurt verrühren, mit Zitrone, Senf, Salz und Pfeffer abschmecken und gehackte Kresse unterrühren. Über den Salat gießen und mit zwei Spiegeleiern servieren.

Abendessen (730 kcal/3060 kJ):
Ein Glas Tomatensaft, zwei Scheiben Vollkornbrot, Butter, eine Scheibe gekochter Schinken, eine Scheibe Käse. Dazu Paprikasalat in Joghurt-Zitronen-Marinade.

Dieser Tagesplan enthält ca. 330 Milligramm Vitamin C.
Gesamt: 1990 kcal/8360 kJ.

Vitamin-C-Nährwert-Tabelle

Mittelwerte für 100 g pro eßbarem Anteil
μg = Mikrogramm, mg = Milligramm, g = Gramm

Zum Vergleich:

Muttermilch	4,400 mg
MILCH UND MILCHPRODUKTE	
Vollmilch	1,700 mg
Buttermilch	0,600 mg
Kondensmilch, 10 %	2,700 mg
Sahne, 30 %	1,000 mg
Joghurt, 3,5 %	1,000 mg
Joghurt, 0,3 %	1,700 mg
Gouda, 45 %	1,000 mg
Edamer, 45 %	Spuren
Brie, 50 %	Spuren
Camembert, 60 %	Spuren
Quark, 40 %	0,500 mg
FETTE	
Butter	0,200 mg
Margarine	Spuren
FLEISCH	
Kalbfleisch	Spuren
Rinderleber	30,000 mg
Schweineleber	23,000 mg
Ente	7,500 mg
Huhn	2,500 mg
Hühnerleber	28,000 mg
FISCH	
Hering	0,500 mg
Karpfen	1,000 mg
Makrele	bis 0,800 mg
Rotbarsch	0,800 mg
GEMÜSE	
Artischocke	7,600 mg
Blumenkohl	69,800 mg
Brunnenkresse	51,000 mg
Chinakohl	36,000 mg
Erbsen	25,000 mg

GEMÜSE

Feldsalat	35,000 mg
grüne Bohnen	20,000 mg
grüner Paprika	139,000 mg
Grünkohl	105,000 mg
Gurke	11,000 mg
Kartoffel	17,000 mg
Knollensellerie	8,250 mg
Kohlrabi	63,300 mg
Kopfsalat	13,000 mg
Linsen	bis 5,000 mg
Löwenzahnblätter	30,000 mg
Mais	12,000 mg
Möhren	7,100 mg
Petersiliengrün	166,000 mg
Petersilienwurzel	41,000 mg
Rettich	0,029 mg
Rhabarber	10,000 mg
Rosenkohl	114,000 mg
rote Bete	10,000 mg
Sauerkraut	20,000 mg
Schnittlauch	47,000 mg
Spargel	21,000 mg
Spinat	52,000 mg
Tomaten	24,200 mg
weiße Bohnen	2,500 mg
Weißkohl	45,800 mg
Wirsing	45,000 mg
Zwiebel	8,500 mg
Champignons	4,900 mg
Pfifferlinge	6,000 mg

OBST

Apfel	12,000 mg
Apfelsine	50,000 mg
Aprikose	9,400 mg
Banane	12,000 mg
Birne	4,600 mg
Brombeeren	17,000 mg
Erdbeeren	64,000 mg
Grapefruit	44,000 mg
Hagebutten	1,250 g
Holunderbeeren	18,000 mg
Johannisbeeren, rot	36,000 mg
Johannisb., schwarz	177,000 mg
Kirsche, sauer	12,000 mg
Kirsche, süß	15,000 mg
Kiwi	108,000 mg
Pfirsich	9,500 mg
Pflaume	5,400 mg
Sanddornbeeren	0,450 g
Weintrauben	4,200 mg
Zitrone	53,000 mg

GETRÄNKE

Apfelsaft	1,400 mg
Möhrensaft	3,700 mg
Orangensaft, frisch	54,000 mg
Orangens., Hw.	44,000 mg
Tomatensaft	14,800 mg
Traubensaft	1,700 mg
Zitronensaft	53,000 mg
Rotwein	1,800 mg

DIVERSES

Ananas, in Dosen	7,000 mg
Erdbeerkonfitüre	9,300 mg
Himbeerkonfitüre	2,700 mg
Blütenhonig	2,400 mg
Eiscreme	bis 1,500 mg
Rosinen	1,000 mg
Walnüsse	2,600 mg
Kartoffelchips	8,000 mg
Tomatenketchup	11,000 mg

Pantothensäure, Biotin, Folsäure
Drei Wasserlösliche mit großem Aufgabengebiet

Den Reigen der wasserlöslichen Vitamine beschließen die Pantothensäure (auch Vitamin B_5 genannt), das Biotin (auch als Vitamin H bezeichnet) und die Folsäure (auch unter dem Namen Vitamin M geläufig). Diese drei Vitamine sind weniger bekannt, haben im Gegensatz zu anderen Vitaminen vielleicht auch nicht derart umwälzende Funktionen, zum reibungslosen Ablauf des Stoffwechsels sind sie jedoch unerläßlich.

Pantothensäure ist notwendig für den Hautaufbau und die Erhaltung der Haarfarbe (deshalb bezeichnet man sie auch als den »Anti-graue-Haare-Faktor«). Bei einem Mangel kann es zu Haut- und Leberschäden kommen. Pantothensäure finden wir in grünen Gemüsen, Getreide, Erdnüssen, Innereien und Fleisch.

Biotin hilft bei der Umwandlung der ungesättigten Fettsäuren. Bei Mangel treten Erschöpfungszustände, Hautveränderungen und Muskelschmerzen auf. Nachzuweisen in Hefe, Innereien, Milch, Gemüse, Johannisbeeren und Haselnüssen.

Folsäure hält die Darmhaut elastisch, macht sie aufnahmefähig und ist auch zur Reifung der roten Blutkörperchen notwendig. Beim gesunden Menschen bildet sich die Folsäure im Darm. Zu finden in Leber, Blattgemüsen und Hülsenfrüchten.

Fettlösliche Vitamine

Vitamin A (Retinol)
Biologisches Anti-Krebsmittel?

DER FALL:
Amerikanische Wissenschaftler haben festgestellt, daß das Fernsehen ein regelrechter »Vitamin-A-Fresser« ist. Vor allem dann, wenn das Fernsehbild falsch eingestellt ist, etwa wenn es flimmert oder zu hell bzw. zu dunkel ist. Überdurchschnittlich langes Fernsehen kann den Vitamin-A-Bedarf bis auf das Fünfzigfache ansteigen lassen! Auch wer viel liest, nachts arbeitet oder viel Auto fährt, sollte an einen Vitamin-A-Ausgleich denken.

Vor gut hundert Jahren machte der deutsche Alterstumforscher GEORG EBERS bei Ausgrabungen in Ägypten einen bedeutsamen Fund: Er entdeckte einen Stoß brüchiger Papyrusblätter, die eng mit Hieroglyphen bedeckt waren. Bei der Entzifferung kam Erstaunliches zutage. Priesterärzte des Gottes Amun von Theben hatten auf die getrockneten Blätter der Papyrusstaude Behandlungsanweisungen für die verschiedensten Erkrankungen niedergeschrieben.

Unter anderem war auch von der Nachtblindheit die Rede. »Leber von geschlachteten Tieren«, hatten die medizinkundigen Weisen bereits vor rund 3500 Jahren aufgezeichnet, »ist bestens geeignet, um dieses Leiden zu bessern.«

Auch im alten China wurde zur Heilung von Augenkrankheiten schon Leber verordnet. Und der berühmteste Arzt des griechischen Altertums, HIPPOKRATES, empfahl nichts anderes gegen die »Augendarre«: mit Honig bestrichene Ochsenleber.

Heute wissen wir, daß tierische Leber vor allem Vitamin A in großer Menge enthält. Wissenschaftler haben herausgefunden, daß bei einem Vitamin-A-Mangel Bindehaut und Hornhaut des Auges eintrocknen, was schließlich Erblindung zur Folge hat. In seiner schwersten Form führt Vitamin-A-Mangel zur Augendarre, die man medizinisch als »Xerophthalmie« bezeichnet.

Solche massiven Mangelschäden gibt es – zumindest in den entwickelten Ländern unserer Erde – zum Glück nicht mehr. Sie entstehen nur dann, wenn bestimmte Vitamine fast ganz in der Nahrung fehlen oder wenn sich Menschen einseitig ernähren. Bei sinnvoller Zusammenstellung der täglichen Mahlzeiten ist das Nahrungsangebot so ausgewogen, daß der tägliche Vitaminbedarf gedeckt ist.

Und doch – so unglaublich es klingen mag – leiden nach statistischen Erhebungen allein in der Bundesrepublik fünfzehn Millionen Bürger unter Vitaminmangelerscheinungen! Unausgewogene Gemeinschaftskost, übertriebene Schlankheitskuren oder Unwissenheit sind Gründe dafür, daß der Organismus oft viel zuwenig von den lebensnotwendigen Substanzen erhält.

Und das sind die Ursachen, die bei einem Vitamin-A-Mangel zur Nachtblindheit führen: Die Netzhaut des Auges enthält Millionen von winzigen Stäbchen und Zapfen, durch welche das Sehen überhaupt erst ermöglicht wird. In den Stäbchen befindet sich ein Farbstoff, der sogenannte Sehpurpur, der durch Licht auf photochemischem Wege gespalten wird. Er erneuert sich nur durch die Einwirkung von Vitamin A. Wenn Vitamin A fehlt, bekommt das Auge Schwierigkeiten, sich der Helligkeit anzupassen. Auf die Dauer entsteht daraus die Nachtblindheit.

Als das Vitamin A entdeckt wurde, fütterte man Albino-Ratten mit einer Kost, die besonders reich an Vitamin A war. Albino-Ratten haben von Natur aus eine fast farblose Netzhaut. Durch die Vitamin-A-Gaben färbte sich die Netzhaut in der Dunkelheit aber schon nach wenigen Stunden purpurrot. Bei Ratten, die ohne Vitamin A ernährt wurden, bildete sich dieser Sehpurpur nicht.

Neben seiner Bedeutung in der Augenheilkunde ist Vitamin A gleichzeitig Schutz- und Heilfaktor für die Haut. Interessanterweise sinkt der Vitamin-A-Gehalt im Blut der Frauen während der Menstruation ab. Ausgedehnte Sonnenbäder sind in dieser Zeit mit Vorsicht zu genießen. Denn ohne ausreichend Vitamin A verbrennt die Haut schnell, weil sie äußerst lichtempfindlich ist. Auch Schleimhautläsionen im Mund und Bläschen an den Lippen sind nicht selten auf einen Mangel an Vitamin A zurückzuführen.

In den letzten Jahren hat das Vitamin A einen völlig neuen Aspekt bekommen: Forscher aus aller Welt bestätigen seine Wirkung als Antikrebs-Vitamin. Neuesten Berichten zufolge gilt Vitamin A als die natürliche, biologische Geheimwaffe, die möglicherweise schon in naher Zukunft die starken, oft mit verheerenden Nebenwirkungen belasteten chemischen Krebsmittel ablösen wird.

Hier nur einige der jüngsten Forschungsergebnisse auf diesem Gebiet:

- An der Universitätsklinik Tucson in Arizona (USA) erzielte Professor FRANK L. MEYSKENS JR. erstaunliche Heilerfolge mit Vitamin-A-Creme bei Gebärmutterkrebs und bei Hautkrebsen.
- Wissenschaftler aus Bronx, New York, entdeckten im Tierversuch, daß die Vitaminvorstufe Carotin einen fast hundertprozentigen Antitumor-Effekt hat. Mit Vitamin A im Futter vertrugen Versuchstiere zum einen die chemischen Krebsmittel besser. Zum anderen fand man Hinweise, daß Vitamin A besonders vor Lungen- und vor Darmkrebs schützen kann.
- Der französische Professor GEORGES MATHÉ beobachtete, daß sich krebsartige Veränderungen des Bronchialgewebes – hervorgerufen durch starken Zigarettenkonsum – wieder normalisierten.
- DR. NICHOLAS WALD aus Oxford (England) untersuchte während einer Langzeitstudie 16 000 Männer verschiedenen Alters. 86 erkrankten innerhalb von fünf Jahren an Krebs – alle hatten weniger Vitamin A im Blut als jene, die gesund blieben! DR. WALD: »Wer ständig zuwenig Vitamin A zu sich nimmt, trägt ein fünfmal so großes Lungenkrebs-Risiko wie ein Raucher, der sich ausreichend mit Vitamin A versorgt.«

Das sind nur einige von vielen deutlichen Hinweisen, daß eine entsprechende Versorgung mit Vitamin A die Gefahr, an Krebs zu erkranken, verringern kann. Auf welche Weise Vitamin A tumorhemmend wirkt, ist bisher allerdings noch nicht geklärt. Um so bedenklicher sind die folgenden Erkenntnisse:

- Eine deutsche Untersuchung ergab, daß jeder vierte von tausend Bundeswehrsoldaten zuwenig Vitamin A im Blut hatte.
- Zu ganz ähnlichen Ergebnissen kam DR. M. STRANSKY vom Institut für Ernährungsforschung in Rüschlikon bei der Überprüfung von Schweizer Soldaten.

Der Vitamin-A-Gehalt eines Nahrungsmittels wird in Internationalen Einheiten, abgekürzt I.E., angegeben. Wissenschaftler des Ernährungsinstitutes der Gießener Justus-Liebig-Universität haben als optimale Tagesdosis für einen gesunden Erwachsenen 5000 Internationale Einheiten errechnet.

Schon 75 Gramm Möhren, 60 Gramm Spinat und nur 20 Gramm Leber enthalten diese Menge! Auch Vollmilch, Butter, Eier, Petersilie, Schnittlauch, Tomaten und Aprikosen enthalten reichlich Vitamin A.

In vielen Nahrungsmitteln findet sich aber auch Carotin, eine rote Substanz, aus der der Organismus das Vitamin A aufbauen kann. Carotin ist jener Wirkstoff, der Babys, die reichlich mit geraffelten Möhren gefüttert werden, eine gelb-rötliche Gesichtsfarbe verleiht. Man bezeichnet Carotin auch als Provitamin, also »Vorvitamin«, denn wenn Carotin von der Darmwand aufgenommen wird, vermag der Körper es selbst in aktives Vitamin A umzuwandeln.

Allerdings können zu hohe Gaben von Vitamin A den Organismus auch schädigen. Eskimos, die große Mengen Eisbärleber aßen, zeigten Vergiftungserscheinungen. Inzwischen fand man heraus, daß ein Pfund Eisbärleber mehr als zwölf Millionen Internationale Einheiten Vitamin A enthält!

Ernährungswissenschaftler halten das Vitamin A sowohl für das wichtigste als auch für das gefährlichste aller Vitamine. So kann bereits ein leichter Vitamin-A-Mangel die Sterblichkeit von Kleinkindern beträchtlich erhöhen und vor allem die Infektanfälligkeit vergrößern. Bei einer Studie an nahezu 3500 indonesischen Kleinkindern war bei jedem sechsten Todesfall in dieser Altersgruppe ein Vitamin-A-Mangel mit im Spiel. Andererseits haben hohe Dosen von Vitamin A nicht selten schwere Nebeneffekte – vor allem auf die Leber. Denn Vitamin A wird bei Überschuß nicht wie die wasserlöslichen Vitamine über den Harntrakt ausgeschieden, sondern in der Leber gespeichert. Überdosierungen mit Vitamin A können darüber hinaus zu nichtwiedergutzumachenden Gehirn- und Hautschädigungen führen.

Dennoch darf man bei der Behandlung von Mangelerscheinungen – beispielsweise bei Nachtblindheit – die Tagesdosis für mehrere Wochen ohne weiteres bis auf 600 000 I.E. steigern. Das entspricht der 120fachen Menge des normalen Bedarfs.

VERBRAUCHER-TIP:
Jede Speise verliert Vitamin A durch Sauerstoff und Licht, durch Kochen und überlanges Dünsten. Deshalb: Gemüse beim Kochen nicht offen stehen lassen, nicht unnötig umrühren und in nur wenig Wasser garen.

VERBRAUCHER-TIP:
Man muß bei der Zubereitung von Speisen immer daran denken, daß Vitamin A im Gegensatz zu den B-Vitaminen fettlöslich ist. Es kann vom Organismus nur dann aus den Nahrungsmitteln aufgespalten werden, wenn es mit Fett vergesellschaftet ist. Deshalb sollte man Tomaten- oder Möhrensalat, die große Mengen an Vitamin A enthalten, immer mit etwas Salatöl anrichten.

Tagesbedarf an Vitamin A = 5000 I.E.

Menüvorschlag: Hacksteak mit Blattspinat

Frühstück (570 kcal/2390 kJ):
Ein Glas Tomatensaft, ein Spiegelei mit Schinken auf gebuttertem Toast, zwei Scheiben Knäckebrot mit Butter und Käse, Kaffee oder Tee.

Mittagessen (880 kcal/3690 kJ):
200 Gramm Blattspinat mit einer Zwiebel schmoren und mit 50 Gramm Parmesankäse, Muskat, Salz und Pfeffer abschmecken. Dazu Kartoffelpüree und ein Hacksteak aus 125 Gramm Hackfleisch, einer gewürfelten Zwiebel, einem Ei, Salz und Pfeffer. Als Dessert eine Scheibe Melone mit Ingwerpulver bestreuen.

Abendessen (720 kcal/3000 kJ):
Zwei große Möhren raffeln und mit einem Teelöffel Sonnenblumenöl und einem Teelöffel Zitronensaft vermengen. Dazu zwei Scheiben Vollkornbrot mit Butter, Camembert und Leberwurst. Ein Glas Vollmilch.

Dieser Tagesplan enthält ca. 33 000 I.E. Vitamin A.
Gesamt: 2170 kcal/9080 kJ.

Vitamin-A-Nährwert-Tabelle

Mittelwerte für 100 g pro eßbarem Anteil
μg = Mikrogramm, mg = Milligramm, g = Gramm
0,30 μg Retinol = 1 I.E.

Zum Vergleich:

Muttermilch	0,054 mg

MILCH UND MILCHPRODUKTE	
Vollmilch	30,000 μg
Magermilch	bis 3,000 μg
Buttermilch	7,500 μg
Kondensmilch, 10 %	64,000 μg
Sahne, 30 %	0,250 mg
Joghurt, 3,5 %	0,029 mg
Joghurt, 0,3 %	0,800 μg
Gouda, 45 %	0,260 mg
Edamer, 45 %	0,220 mg
Brie, 50 %	0,140 mg
Camembert, 60 %	0,630 mg
Quark, 40 %	0,090 mg
Schmelzkäse, 45 %	0,300 mg
FETTE	
Butter	0,590 mg
Lebertran	30,000 mg
Margarine	0,530 mg
EI	
Hühnerei	0,220 mg
FLEISCH	
Rinderleber	8,340 mg
Schweinefleisch	bis 6,000 μg
Schweineleber	5,800 mg
Huhn	9,900 μg
Hühnerleber	11,600 mg
WURST	
Knackwurst	0,015 mg
Leberwurst	1,460 mg
FISCH	
Aal, geräuchert	0,940 mg
Auster	0,093 mg
Forelle	0,045 mg
Heilbutt	0,032 mg
Hering	0,038 mg
Karpfen	0,044 mg
Makrele	0,100 mg
Ölsardinen	0,058 mg
Rotbarsch	0,012 mg
Schellfisch	0,017 mg
Thunfisch	0,450 mg
TEIGWAREN	
Nudeln	0,063 mg
DIVERSES	
Eiscreme	0,130 mg
Milchschokolade	0,018 mg

Carotin-Nährwert-Tabelle

Carotin, die Vorstufe von Vitamin A, ist in vielen Lebensmitteln enthalten. Schätzungsweise werden zwei Drittel des täglichen Vitamin-A-Bedarfs durch Carotin gedeckt.

Mittelwerte für 100 g pro eßbarem Anteil
µg = Mikrogramm, mg = Milligramm, g = Gramm
0,60 µg = 1 I.E. Vitamin A

Zum Vergleich:

Muttermilch	0,024 mg

MILCH UND MILCHPRODUKTE	
Vollmilch	0,018 mg
Buttermilch	9,000 µg
Kondensmilch, 10 %	45,000 µg
Sahne, 30 %	0,150 mg
Joghurt, 3,5 %	0,018 mg
Joghurt, 0,3 %	0,500 µg
Edamer, 45 %	0,060 mg
Brie, 50 %	0,100 mg
Quark, 40 %	0,054 mg
FETTE	
Butter	0,380 mg
Margarine	0,350 mg
EI	
Hühnerei	Spuren
WURST	
Blutwurst	0,019 mg
GETREIDE	
Weizenkleie	5,000 µg
GEMÜSE	
Artischocke	0,100 mg
Blumenkohl	0,033 mg
Brunnenkresse	2,680 mg
Chinakohl	0,078 mg
Erbsen	0,380 mg
Feldsalat	3,900 mg
grüne Bohnen	0,330 mg
grüner Paprika	0,200 mg
Grünkohl	4,100 mg
Gurke	0,170 mg
Kartoffel	0,010 mg
Knollensellerie	0,015 mg
Kohlrabi	0,200 mg
Kopfsalat	0,790 mg
Linsen	0,100 mg
Löwenzahnblätter	7,900 mg
Möhren	12,000 mg
Petersiliengrün	7,250 mg
Petersilienwurzel	0,030 mg
Rettich	6,000 µg
Rhabarber	0,070 mg
Rosenkohl	0,400 mg
rote Bete	0,011 mg
Sauerkraut	0,018 mg
Schnittlauch	0,300 mg
Sojabohnen	0,380 mg
Spargel	0,030 mg
Spinat	4,200 mg

GEMÜSE	
Tomaten	0,820 mg
weiße Bohnen	0,400 mg
Weißkohl	0,042 mg
Wirsing	0,039 mg
Zwiebel	0,030 mg
Champignons	0,010 mg
OBST	
Apfel	0,047 mg
Apfelsine	0,090 mg
Aprikose	1,790 mg
Banane	0,230 mg
Birne	0,032 mg
Brombeeren	0,270 mg
Erdbeeren	0,049 mg
Grapefruit	0,015 mg
Hagebutten	bis 6,000 mg
Holunderbeeren	bis 0,510 mg
Johannisbeeren, rot	0,038 mg
Johannisb., schwarz	0,140 mg
Kirsche, sauer	0,300 mg
Kirsche, süß	0,084 mg
Kiwi	0,370 mg
Pfirsich	0,440 mg
Pflaume	0,210 mg
Sanddornbeeren	1,500 mg
Weintrauben	0,027 mg
Zitrone	0,015 mg
GETRÄNKE	
Apfelsaft	0,045 mg
Möhrensaft	2,620 mg
Orangensaft, frisch	0,070 mg
Orangens., Handelsw.	0,074 mg
Tomatensaft	0,540 mg
Traubensaft	bis 0,040 mg
Zitronensaft	0,046 mg
Vollbier, dunkel	5,400 µg
DIVERSES	
Ananas, in Dosen	0,040 mg
Milchschokolade	0,045 mg
Rosinen	0,030 mg
Walnüsse	0,048 mg
Kartoffelchips	0,060 mg

Vitamin D (Calciferol)

Die Rachitis grassiert immer noch

DER FALL:

Der Tübinger Professor DR. KARL-HEINZ NIESSEN *berichtete kürzlich auf einem Kongreß von zwei Kleinkindern, die er wegen Rachitis behandeln mußte. Die Ursache: Die Eltern waren strenge Vegetarier und ernährten die Kinder anstatt mit Kuhmilch, die eine ausreichende Menge Vitamin D enthält, mit Fruchtmilch. Es bedurfte der ganzen Überredungskunst des Arztes, um die Eltern davon zu überzeugen, daß ihre Kinder bei einer solchen Ernährung dauerhafte gesundheitliche Schäden davontragen würden.*

Das Krankheitsbild der Rachitis, die heute zum Glück nur noch selten vorkommt, wurde von dem englischen Mediziner FRANCIS GLISSON im Jahre 1650 zum erstenmal beschrieben. Seitdem nennt man die Rachitis auch die »Englische Krankheit«.

Es war keineswegs ein Zufall, daß man dieser Mangelkrankheit ausgerechnet in England auf die Spur kam. Denn damals begann in den großen englischen Städten die Industrialisierung – Fabriken entstanden und Bergwerke wurden errichtet. Über den Wohnsiedlungen bildeten sich dichte Dunstglocken, die Kinder wuchsen ohne Licht und Sonne auf.

Aber gerade die ultravioletten Strahlen des Sonnenlichtes benötigt der Organismus, um Vitamin D zu aktivieren. Mit der Nahrung gelangt lediglich eine Vorstufe des Vitamins in den Körper. Und dieses sogenannte Provitamin wird in der Haut gelagert. Mit Hilfe der Sonne kann es dann zum lebenswichtigen Vitamin D umgebaut werden. Das ist der Grund, warum man es auch gerne als »Sonnenvitamin« bezeichnet.

Sicherlich ist die Bevölkerung in den letzten Jahren ganz allgemein gesundheitsbewußter geworden. Aber im Wissen um die Grundnahrungsmittel und die unerläßlichen Ergänzungsstoffe wie Mineralstoffe und Vitamine bestehen doch noch große Lücken und Unsicherheit.

Viele Menschen glauben, wenn sie reichlich Obst und Gemüse essen, bekommen sie auch genügend Vitamine und bleiben gesund. Das aber ist ein Trugschluß, denn Vitamin D ist in Obst nur sehr spärlich enthalten. Ohne Vitamin D ist der Darm jedoch nicht in der Lage, aus dem Nahrungsangebot Calcium und Phosphor aufzunehmen. Was für die Knochen unerläßlich ist.

Die »Krankheit der Kinder« (die jedoch auch als Spät-Rachitis auftritt und sogar Erwachsene befallen kann) führt in ernsten Fällen zu schweren Knochenerweichungen, Verformungen der Wirbelsäule und Auftreibungen an den Rippenknorpeln neben dem Brustbein. Der Arzt spricht dann von einem »rachitischen Rosenkranz«.

Seit man die Zusammenhänge erkannte, hat die Krankheit ihren Schrecken verloren. Bereits in den Entbindungsstationen bekommen Säuglinge heute vorbeugend Vitamin-D-Spritzen, weshalb schwere Mangelerkrankungen kaum noch auftreten.

Die Bekämpfung der Rachitis mit künstlich gewonnenem Vitamin D findet jedoch keineswegs die ungeteilte Zustimmung aller Wissenschaftler. Denn inzwischen hat man festgestellt, daß sich durch sehr hohe Dosierungen von Vitamin D der erwünschte Kalkeinbau nicht nur auf das Knochenwachstum auswirken kann. Kalk (Calcium) lagert sich bei Überdosierung auch an anderen Stellen des Körpers ab, so zum Beispiel in den Nieren und an den Innenseiten der Blutgefäße. So entsteht die Arteriosklerose, die im Volksmund respektlos, aber treffend als »Verkalkung« bezeichnet wird. Diese krankhaften Veränderungen können nicht mehr rückgängig gemacht werden. Um leichtfertigen Überdosierungen vorzubeugen, hat die »Fremdstoffkommission« der Deutschen Forschungsgemeinschaft auch davor gewarnt, Lebensmittel mit Vitamin D anzureichern, um der Rachitis zu begegnen.

Vitaminforscher sind der Ansicht, daß die vorbeugende Dosierung 400 Internationale Einheiten (I.E.) pro Tag nicht überschreiten soll. Vitamin-D-Stöße, die über diesem Grenzwert liegen, können zu einem Überangebot an Kalk führen, das oft noch monatelang nach

Ende der Vitaminbehandlung bestehen bleibt. Diese Tatsache sollte von einer unkontrollierten Selbstbehandlung mit Vitamin-D-Präparaten abhalten.

Da in den letzten drei Monaten einer Schwangerschaft die Knochenbildung des ungeborenen Kindes erfolgt, kann der Arzt aber ohne weiteres der werdenden Mutter vorübergehend eine Tagesdosis von 1000 I.E. Vitamin D verordnen.

Rachitis kann aber auch schon bei Neugeborenen vorliegen, wenn die Mutter unter Vitamin-D-Mangel leidet. An der Universitäts-Kinderklinik in Berlin hat man festgestellt, daß schwangere Türkinnen für diese Krankheit besonders anfällig sind. Obwohl die Rachitis in der Regel erst zwischen dem dritten und dem zwölften Lebensmonat auftritt, kamen in Berlin innerhalb kurzer Zeit vier Babys mit Rachitis zur Welt. Bei den Müttern handelte es sich um drei Türkinnen und eine Inderin. Die Kinderärzte nehmen an, daß der Vitamin-D-Mangel der Einwanderinnen auf ihre speziellen Ernährungsgewohnheiten und auf den Umstand zurückzuführen ist, daß die Frauen zuwenig in die Sonne gingen. Die Rachitis des Kindes entsteht deshalb, weil während der Schwangerschaft über den Mutterkuchen keine ausreichende Versorgung mit Vitamin D möglich ist.

Das »Sonnenvitamin« kommt besonders reichlich in Öl vor, welches aus der Leber von Heilbutt, Dorsch und Thunfisch gewonnen wird. Ein einziger Eßlöffel Lebertran enthält soviel Vitamin D wie 5 Pfund Butter! Schon 8 Gramm genügen, um den gesamten Tagesbedarf eines Erwachsenen zu decken.

Lebertran, den man in der Apotheke kaufen kann, wird aus Dorschleber hergestellt. Diese ist deshalb so reich an Vitamin D, weil sich die Seefische von Algen und Plankton ernähren, in denen sich durch die intensive Sonnenbestrahlung eine Vorstufe des Vitamins – ähnlich wie in unserer Haut – bildet. Das Vitamin wird dann in der Fischleber gespeichert.

Eine Vergiftung durch übermäßige Vitamin-D-Eigenproduktion des Organismus über die Haut ist so gut wie ausgeschlossen. Denn bevor es zu organischen Schäden kommt, schützt sich der Körper durch Braunwerden vor dem ultravioletten Anteil der Sonnenstrahlen – und verringert damit auf raffinierte Weise die Umwandlung von Vitamin D aus seiner Vorstufe. Sonnenbäder werden in der Naturheilkunde schon seit Jahrtausenden zur Stabilisierung der Gesundheit empfohlen. Aber erst durch die moderne Vitaminforschung wissen wir über die Zusammenhänge der heilenden Wirkung des Sonnenlichtes Bescheid.

So wird man braun

Die Sonne schickt ein ganzes Bündel verschiedenartiger ultravioletter Strahlen auf die Erde. Die einzelnen Bestandteile bezeichnet man der Einfachheit halber als UV-A, UV-B, UV-C. Gefährlich sind nur die UV-C-Strahlen, die die Haut sofort verbrennen können. Aber zum Glück werden diese Strahlen von einer dicken Ozonhülle geschluckt, die die Erde in 12 bis 50 Kilometer Höhe wie ein schützender Mantel umgibt. Wissenschaftler haben kürzlich herausgefunden, daß diese lebenswichtige Ozonschicht stark bedroht ist: Treibgas aus Abermillionen Spraydosen vermag sie zu zerstören. Umweltfreundlich sind nur Spraydosen ohne Treibgas.

Gegen die Reststrahlung aus UV-A und UV-B, die schließlich unsere Haut erreicht, vermag sich der Körper zu schützen – je mehr er der Sonne ausgesetzt wird, desto dunkler wird die Haut. Die UV-A-Strahlen bewirken in der Haut einen »photooxidativen« Prozeß. Sie bräunen unter Einwirkung von Sauerstoff farblose oder schwach braune Körnchen, die in der Haut lagern (Melanosomen). Sind sie gedunkelt, nennt man sie Melaninkörnchen.

Das UV-B-Licht löst in der untersten Zellage der Oberhaut eine Anzahl von chemischen Vorgängen aus. Dort liegen nämlich die Produktionsstätten für das braune Hautpigment – die sogenannten Melanozyten. Etwa jede zehnte Basalschutzzelle ist eine solche Farbstofffabrik. Durchschnittlich finden sich davon 2000 auf einem Quadratmillimeter. In der gesamten Oberhaut liegen schätzungsweise zwei Billionen solcher Spezialzellen!

Tagesbedarf an Vitamin D = 400 I.E.

Menüvorschlag: Grüne Heringe mit Bratkartoffeln

Frühstück (610 kcal/2550 kJ):
Ein Glas Orangensaft, zwei Spiegeleier, zwei Toast und Butter, Kaffee oder Tee mit Milch und Zucker.

Mittagessen (880 kcal/3680 kJ):
Zwei grüne Heringe, Bratkartoffeln und Salat. Heringe säubern, säuern, salzen, in Mehl wenden und in Weizenkeimöl knusprig backen. Dazu Kopfsalat in Sahne-Zitronen-Marinade.

Abendessen 850 kcal/3580 kJ):
Zwei Scheiben Vollkornbrot mit Butter, 100 Gramm vollfetter Käse und eine Scheibe Lachs. Einen kleinen Rettich, in Scheiben geschnitten, mit Salz, Pfeffer, Essig und Sonnenblumenöl vermengen. Ein Glas Milch.

Dieser Tagesplan enthält ca. 3350 I.E. Vitamin D.
Gesamt: 2350 kcal/9825 kJ.

VITAMIN-D-NÄHRWERT-TABELLE

Mittelwerte für 100 g pro eßbarem Anteil
μg = Mikrogramm, mg = Milligramm, g = Gramm
0,025 μg Vitamin D = 1 I.E.

Zum Vergleich:
Muttermilch 0,050 μg

MILCH UND MILCHPRODUKTE	
Vollmilch	0,063 μg
Kondensmilch, 10 %	0,130 μg
Sahne, 30 %	1,100 μg
Joghurt, 3,5 %	0,062 μg
Joghurt, 0,3 %	Spuren
Gouda, 45 %	1,250 μg
Quark, 40 %	0,190 μg
Schmelzkäse, 45 %	3,130 μg
FETTE	
Butter	1,300 μg
Lebertran	0,330 mg
Margarine	4,000 μg
EI	
Hühnerei	1,780 μg

FLEISCH	
Kalbfleisch	3,800 μg
Rinderleber	1,700 μg
Hühnerleber	1,300 μg
FISCH	
Aal, geräuchert	0,090 mg
Auster	8,000 μg
Heilbutt	5,000 μg
Hering	0,031 mg
Makrele	1,000 μg
Rotbarsch	2,300 μg
Thunfisch	5,380 μg
GEMÜSE	
Champignons	1,940 μg
Pfifferlinge	2,100 μg

Vitamin E (Tocopherol)

An Vielseitigkeit nicht zu überbieten

DER FALL:

Nahezu die Hälfte aller Frauen leidet unter dem sogenannten prämenstruellen Syndrom – lästigen Beschwerden vor Eintritt der monatlichen Regel. Zu den Störungen des Wohlbefindens, die den Frauen zu schaffen machen, gehören schlechte Stimmung, Schlaflosigkeit, Angst und Depressionen, aber auch Kopf- und Brustschmerzen, Herzklopfen und geschwollene Füße. Die Medizin rätselt noch über die Ursache. Vermuten läßt sich natürlich ein Zusammenhang mit den hormonellen Veränderungen, die vor der Regelblutung im Organismus einer Frau stattfinden. Am Sinai-Krankenhaus in Baltimore (USA) verabreichte man 75 Frauen, die über diese Beschwerden geklagt hatten, hochdosierte Gaben von Vitamin E. Das Ergebnis der zweimonatigen Studie: Die meisten prämenstruellen Störungen besserten sich deutlich, Nebenwirkungen wurden nicht registriert.

Für Rennstallbesitzer hat der schnauzbärtige Mister SHUTE einen heißen Tip: »Geben Sie Ihren Pferden täglich 2000 Einheiten Vitamin E. Dann laufen sie allen anderen davon.« Mister SHUTE muß es wissen. Denn er leitet das berühmte Shute-Institut in London, Ontario (Kanada), wo seit mehr als dreißig Jahren mit wissenschaftlicher Sorgfalt über Vitamin E geforscht wird. Was den Vierbeinern recht ist, sollte dem Menschen billig sein. Und tatsächlich wird heute aus aller Welt bestätigt, daß keine andere Substanz so umwälzend in unsere Lebensvorgänge eingreift wie Vitamin E. Wenn je von »Wunderdrogen« die Rede war, so träfe die Bezeichnung am ehesten auf diese Substanz zu.

Obwohl für Männer gleichermaßen lebensnotwendig, möchte man

Vitamin E fast als ein typisch »weibliches« Vitamin bezeichnen. Denn für Schönheit, Fitneß und Wohlbefinden können Frauen nichts Besseres tun, als sich reichlich mit Vitamin E zu versorgen. Der Naturarzt DR. FRITZ WIEDEMANN aus Starnberg schreibt in diesem Zusammenhang: »Geradezu berühmt sind die Brüste der Ukrainerinnen. Wir wissen, daß dieser Volksstamm von Kindheit an Sonnenblumenkerne kaut, die das Vitamin E reichlich enthalten.« Und ganz sachlich stellt er fest: »Frauen mit kleinen oder zu schlaffen Brüsten berichten über eine Zunahme der Größe und über eine deutliche Straffung ihrer weiblichen Formen aufgrund der Einnahme von Vitamin E.«

Erstaunlicherweise hat es die Natur so eingerichtet, daß Frauen immer mehr Vitamin E im Blut haben als Männer. Manche Wissenschaftler nehmen an, daß Frauen aus diesem Grund weniger unter Herz-Kreislauf-Schäden zu leiden haben. Die für Frauen bedeutsamere Funktion von Vitamin E ist aber seine nachgewiesene Wirkung auf die Hirnanhangdrüse. Von dort aus greift Vitamin E regulierend in den komplizierten Hormonhaushalt der Frau ein.

So ist es erklärlich, daß beispielsweise die lästigen und oft schmerzhaften Begleiterscheinungen der Monatsblutung durch Vitamin-E-Gaben erträglicher werden. Das ist aber auch der Grund dafür, daß als unfruchtbar geltende Frauen nicht selten nach einer Vitamin-E-Kur schwanger werden. Auch die verschiedensten Beschwerden der Wechseljahre – Schwindel, Kopfschmerzen, Schweißausbrüche – bessern sich durch Vitamin E. In der Gynäkologie verhindert man mit dem gleichen Stoff drohende Fehlgeburten. Frühgeburten schützt Vitamin E vor schweren Stoffwechselentgleisungen, denn die Vitaminspeicher im Organismus des ungeborenen Kindes bilden sich erst in der 30. bis 40. Schwangerschaftswoche. Frühgeburten haben deshalb immer zuwenig Vitamin E im Blut.

Wenn sich am Fahrrad oder am Auto die ersten Rostflecken zeigen, wird jeder vernünftige Fahrzeugbesitzer zu einer lackschützenden Politur greifen. Ganz ähnliche, zersetzende biochemische Vorgänge können sich an den Körperzellen abspielen. Zum Glück schwimmt das »Rostschutzmittel« für Zellen und Gefäße ständig im Blut. Es heißt Vitamin E.

Ein weiteres Beispiel soll die Bedeutung von Vitamin E vor Augen führen. Jede Hausfrau weiß, daß Fette aller Art früher oder später ranzig werden. Margarine wird deshalb mit Vitamin E angereichert;

dadurch wird sie haltbarer. Aber auch Blutkonserven setzt man Vitamin E zu. Auf diese Weise werden die empfindlichen roten Blutkörperchen vor frühzeitigem Zerfall geschützt. Bei einem gesunden Menschen beträgt die Lebensdauer der roten Blutzellen etwa 120 Tage (der Nachschub kommt aus den Blutbildungsstätten im Knochenmark). Bei Vitamin-E-Mangel erreichen die Blutkörperchen aber niemals dieses Alter. Die Folge davon kann ein fataler Sauerstoffmangel im Körper sein.

Vitamin E hilft dem Organismus auch, mit dem lebenswichtigen Sauerstoff hauszuhalten. Dort, wo er am nötigsten gebraucht wird, etwa in der Muskulatur, in der Leber oder im Gehirn, wird der Sauerstoffbedarf durch Vitamin-E-Gaben herabgesetzt. Deshalb schlucken viele Leistungssportler das nebenwirkungsfreie Vitamin E gegen Ermüdungserscheinungen, Waden- und Muskelkrämpfe. Und vor allem der Herzmuskel profitiert von Vitamin E. Am kanadischen Shute-Institut wurden bereits Tausende Patienten von ihren oft qualvollen Herzkrämpfen (Angina pectoris) nach einer Vitamin-E-Behandlung befreit.

Der Superstoff kann aber noch mehr: Er hilft, einen überhöhten Blutfettspiegel (Cholesterin), den Risikofaktor Nummer eins für den Herzinfarkt, zu senken, beugt damit vorzeitiger Adernverkalkung vor und hat sich bei rheumatischen Erkrankungen wie Bandscheibenschäden, Hexenschuß, Ischias oder Muskelschmerzen bewährt.

Das Wundervitamin wurde 1922 entdeckt. Damals erhielt es den Namen »Tocopherol«, was soviel wie »Geburtsträger« bedeutet. Tierversuche hatten nämlich gezeigt, daß Rattenweibchen nach Vitamin-E-Entzug ihre Fruchtbarkeit und Rattenmännchen ihre Zeugungskraft verloren.

Diese Erkenntnisse führten zu großer Verwirrung, weil man glaubte, im Vitamin E eine echte Fruchtbarkeitsdroge gefunden zu haben. Heute weiß man jedoch, daß sich diese Tierversuche nicht auf den Menschen übertragen lassen. Wenn Vitamin E dennoch in der Humanmedizin gegen Unfruchtbarkeit und Potenzstörungen eingesetzt wird, dann nur im Hinblick auf seine hormonregulierende Wirkung über die Hirnanhangdrüse.

Wer sich richtig ernährt, braucht sich keine Sorgen um den Vitamin-E-Haushalt seines Körpers machen. Das heilkräftige Tocopherol, ein blaßgelbes Öl, ist besonders reichlich in Weizenkeimen, aber auch in Mais, Sojabohnen, Hafer und vielen Blattgemüsen enthalten. Der Tagesbedarf an Vitamin E wird für einen Erwachsenen mit 15 bis 30 Milligramm angegeben. Zur Behandlung von Mangelerscheinungen kann die Dosis unbedenklich erhöht werden. Fachärzte empfehlen als optimale Tagesgabe zweimal 300 Milligramm Tocopherol. Bei schweren Erkrankungen, zum Beispiel geschwürigen Darmleiden, wurden im Shute-Institut sogar schon 16 Gramm Vitamin E pro Tag verordnet! Aber selbst bei so gewaltigen Vitaminstößen sind noch nie unerwünschte Nebenwirkungen beobachtet worden.

VERBRAUCHER-TIP:
Wer im Haushalt Weizenkeimöl (10 Gramm decken schon den gesamten Tagesbedarf an Vitamin E) verwendet, sollte es in geschlossener Dose oder Flasche aufbewahren. In einem offenen Gefäß geht Vitamin E verloren. Hitze verträgt Vitamin E hingegen gut. Je nach Backvorgang geht es zwar in der Brotkruste verloren, hält sich aber im Innern eines Brotes.

VERBRAUCHER-TIP:
Man weiß inzwischen auch, daß Vitamin E das sogenannte Carotin (eine Vitaminvorstufe) zu Vitamin A aufschließen kann. Als muntermachender »Cocktail« empfiehlt sich ein Glas Tomatensaft, in den man einen Eßlöffel Weizenkeimöl einrührt. Auf diese Weise können beide Vitamine ihre volle Wirkung entfalten.

Vitamin E in der Meinung der Wissenschaft

Zu einem Erfahrungsaustausch trafen einander namhafte Wissenschaftler anläßlich des »7. Internationalen Symposions über Vitamin E« in Paris. Nachfolgend seien die wichtigsten Erkenntnisse in Kurzform wiedergegeben.

Professor DR. KNUT HAEGER, Malmö (Schweden), Facharzt für Gefäßchirurgie:

»Wir behandelten 158 Patienten mit Durchblutungsstörungen in den Beinen. 122 der Kranken erhielten täglich 300 Milligramm Vitamin E. Gleichzeitig wurden keine anderen Medikamente verabreicht, die möglicherweise eine Besserung hätten herbeiführen können. Die verbliebenen 36 Patienten bekamen als Kontrollgruppe verschiedene durchblutungsfördernde Arzneimittel. Alle Patienten unterstanden einem strikten Rauchverbot und führten ein tägliches Bewegungstraining durch. Bis zum Ende der ersten 18 Monate zeigten sich keine statistisch deutlichen Unterschiede zwischen beiden Gruppen. Erst nach dieser Zeitspanne war die durchschnittliche arterielle Durchblutung der Beine bei der Gruppe mit Vitamin-E-Therapie deutlich besser als in der Kontrollgruppe. Diese Patienten konnten dann auch deutlich längere Wegstrecken zurücklegen.«

DR. G. EDWARD DESSAULNIERS, London, Ontario (Kanada), Ärztlicher Direktor des Shute-Institutes:

»In der ärztlichen Praxis – besonders in den USA – spielt Vitamin E eine wichtige Rolle bei der Behandlung der Herz-Kreislauf-Erkrankungen. Für die hohe Wirksamkeit des Vitamin E ist ein ganzer Komplex von unterschiedlichen Mechanismen verantwortlich. Vitamin E senkt den erhöhten Blutfettspiegel und wirkt gefäßerweiternd. Der günstige Einfluß auf den Sauerstoffaustausch in den Zellen und auf die Blutzirkulation der Herzkranzgefäße und der entlegenen Gefäße in Armen und Beinen macht Vitamin E zu einem notwendigen Helfer bei der Behandlung der verschiedenen Herz-Kreislauf-Erkrankungen.«

Professor DR. REINHOLD KLUTHE, Leiter der Sektion Ernährungsmedizin und Diätetik der Medizinischen Kliniken der Universität Freiburg:

»Bei der Erforschung der vorzeitigen Adernverkalkung hat man in den letzten Jahren eine ganze Anzahl von Risikofaktoren entdeckt, die für das Zustandekommen der Gefäßsklerose von Bedeutung sind: Alter, Geschlecht, Zigarettenrauchen, erhöhter Blutfettspiegel, Bluthochdruck und Zuckerkrankheit. Die Beobachtung, daß im Tierversuch bei Mangelernährung mit Vitamin E Zeichen von Muskelschwund und Gefäßsystemdefekte beobachtet werden können, hat schon früh nach Zusammenhängen zwischen der Vitamin-E-Versorgung des menschlichen Organismus und der Adernverkalkung fahnden lassen. Der fehlende Nachweis von Gefäßveränderungen bei Vitamin-E-Mangelversorgung beim Menschen und die Seltenheit einer Mangelversorgung in der Bundesrepublik lassen dies als unwahrscheinlich ansehen. Ganz anders steht es um die Frage der Arzneimittelwirkung von Vitamin E. Hier liegen inzwischen eine Reihe von Beobachtungen im Tierexperiment und in der klinischen Forschung vor, die in dem Sinne zu werten sind, daß eine weit über dem Nahrungsbedarf liegende Zufuhr von Vitamin E einen günstigen Effekt auf das Arteriosklerosegeschehen im vorbeugenden und therapeutischen Sinn zu haben scheint. Wenn auch bisher langfristige klinische kontrollierte Studien fehlen, deren Ergebnis absolut zweifelsfreie Daten zur klinischen Verabreichung hoher Dosen von Vitamin E zur Vorsorge und Behandlung der Adernverkalkung erbracht hätten, so kann doch unter Berücksichtigung auch der Tatsache, daß Vitamin E absolut ungiftig ist, eine breitere Anwendung als bisher uneingeschränkt empfohlen werden.«

Dr. Emar Vogelaar, Direktor des Medizinischen Diagnose- und Vorsorgezentrums Utrecht (Holland):

»Vitamin E ist einer von etwa vierzig Ernährungsfaktoren, die für das menschliche Leben notwendig sind. Fast 50 Prozent dieser lebensnotwendigen Nahrungsbestandteile scheinen unter bestimmten Umständen einen günstigen Einfluß auf die Krebsentstehung auszuüben. Ein ähnliches Bild bietet sich bei den Herz-Kreislauf-Erkrankungen. Vitamin E gehört auch hier zu den wichtigsten Substanzen zur Vorbeugung und Behandlung der altersbedingten Gefäßkrankheiten. Von Vitamin E ist bekannt, daß es selbst in hohen Dosen kaum giftig ist. Vitamin E zeigt gemeinsame Wirkungen mit Vitamin A, Vitamin C, Vitamin B_{12}, Selen, Zink, Blei, Eisen, Cadmium sowie mit hochungesättigten Fettsäuren. Dies bedeutet, daß das Ziel einer optimalen Gesundheit sehr schwer erreichbar sein kann. Die günstige Rolle, die Vitamin E zur Verhütung von Krebsgeschwulsten spielt, hat zwei Ursachen: zum einen der antioxidative Effekt, zum anderen seine Wirkung auf die körpereigenen Abwehrkräfte. Steigende Vitamin-E-Aufnahme mobilisiert die körpereigenen Abwehrkräfte. Vitamin E gilt als günstiger Faktor in der Veränderung von Krebsgeschwulsten. Da aber bei der Krebsentstehung verschiedene Ursachen zusammenwirken, ist es bisher schwierig, die besondere Wirkung von Vitamin E dabei nachzuweisen. Die günstige Wirkung von Vitamin E in Kombination mit anderen positiven Ernährungsfaktoren sollte durch weitere statistisch gesicherte Untersuchungen untermauert werden. Dies gilt auch für die Behandlung von Herz-Kreislauf-Erkrankungen.«

Professor DR. PAUL J. J. PIN, Chefarzt der Klinik »Longjumeau general Hospital«, Paris (Frankreich):

»Die Wirkung des Vitamin E auf den Stoffwechsel ist sehr vielfältig. Vitamin E verstärkt die Struktur der Zellmembranen. Und es scheint auch die Wirkung von Vitamin A zu verstärken. Immerhin steht fest, daß die Vitamin-A-Vorräte bei der Ratte unter Vitamin-E-Mangelbedingungen sehr viel schneller abgebaut werden.«

DR. HERIBERT SCHMITZ, Leiter der Forschungsabteilung der Arzneimittelfirma Pharma Stroschein, Hamburg:

»Die Wirkungen des Vitamin E auf den Fettstoffwechsel und der damit eng verbundene Schutz auf die Gefäßwand sind von zentraler Bedeutung für die Durchblutung. Fettstoffwechselstörungen zählen zu den besonders schwerwiegenden Risikofaktoren für die Gefäße. In zwei klinischen Studien wurden diese Zusammenhänge und der Einfluß des Vitamin E untersucht. Bei bestimmten Fettstoffwechselstörungen wird ein Rückgang erhöhter Blutfettwerte bis in den Normalbereich beobachtet. Zum anderen wurde eine Patientengruppe mit Durchblutungsstörungen der Beine bei Gefäßwandschädigungen und Fettstoffwechselstörungen untersucht. Neben den günstigen Auswirkungen auf die Blutfettwerte wurde durch Vitamin E eine deutliche Besserung der Gehfähigkeit erzielt.«

Tagesbedarf an Vitamin E = 15–30 Milligramm

Menüvorschlag: Schweinefilet mit Mais

Frühstück (520 kcal/2160 kJ):
Ein Glas Tomatensaft mit einem Eßlöffel Weizenkeimöl, Pfeffer und Salz. Zwei Scheiben Vollkornbrot mit Butter und Rührei.

Mittagessen (850 kcal/3570 kJ):
125 Gramm kleingeschnittenes Schweinefilet mit Zwiebelringen dünsten; eine kleine Dose Tomatenmark und eine kleine Dose Mais dazugeben, mit Salz, Pfeffer, Paprika und Thymian abschmecken. Dazu Kartoffelpüree und ein Glas Milch.

Abendessen (550 kcal/2300 kJ):
Zwei Scheiben Pumpernickel mit Butter, Schinken und Käse. Dazu Kopfsalat in Marinade aus Weizenkeimöl und Zitrone.

Dieser Tagesplan enthält ca. 45 Milligramm Vitamin E.
Gesamt: 1920 kcal/8040 kJ.

VITAMIN-E-NÄHRWERT-TABELLE

Mittelwerte für 100 g pro eßbarem Anteil
µg = Mikrogramm, mg = Milligramm, g = Gramm

Zum Vergleich:
Muttermilch 0,520 mg

MILCH UND MILCHPRODUKTE	
Vollmilch	0,084 mg
Magermilch	0,033 mg
Buttermilch	0,049 mg
Kondensmilch, 10 %	0,230 mg
Sahne, 30 %	0,770 mg
Joghurt, 3,5 %	0,087 mg
Joghurt, 0,3 %	2,300 µg
Edamer, 45 %	0,415 mg
Quark, 40 %	0,270 mg
FETTE	
Butter	2,200 mg
Lebertran	3,260 mg
Margarine	20,200 mg
Weizenkeimöl	280,000 mg
EI	
Hühnerei	1,000 mg
FLEISCH	
Corned Beef	0,780 mg
Rinderleber	0,670 mg
Schweineleber	0,450 mg
Huhn	0,100 mg
Hühnerleber	0,400 mg
WURST	
Bratwurst	0,320 mg
deutsche Salami	0,680 mg
Knackwurst	0,570 mg
Leberwurst	0,690 mg
FISCH	
Auster	0,850 mg
Heilbutt	0,850 mg
Hering	1,500 mg
Karpfen	0,500 mg
Makrele	1,200 mg
Ölsardinen	1,700 mg
Rotbarsch	1,250 mg
Schellfisch	0,390 mg
REIS	
Reis, unpoliert	4,500 mg
Reis, poliert	0,400 mg
GETREIDE	
Haferflocken	3,700 mg
Weizenkleie	9,100 mg

BROT	
Brötchen	0,390 mg
Knäckebrot	4,000 mg
Roggenbrot	0,200 mg
Weißbrot	bis 2,200 mg

TEIGWAREN	
Nudeln	0,300 mg

GEMÜSE	
Artischocke	0,190 mg
Blumenkohl	0,090 mg
Erbsen	3,000 mg
Feldsalat	bis 0,800 mg
grüne Bohnen	0,280 mg
grüner Paprika	0,650 mg
Grünkohl	bis 6,000 mg
Gurke	0,200 mg
Kartoffel	0,090 mg
Knollensellerie	2,600 mg
Kopfsalat	0,390 mg
Linsen	1,270 mg
Mais	0,640 mg
Möhren	7,000 mg
Petersiliengrün	1,800 mg
Rhabarber	0,200 mg
Rosenkohl	1,100 mg
rote Bete	0,100 mg
Sojabohnen	15,300 mg
Spargel	bis 2,100 mg
Spinat	2,500 mg
Tomaten	0,490 mg
weiße Bohnen	2,300 mg
Weißkohl	0,020 mg
Wirsing	2,500 mg
Zwiebel	0,200 mg
Champignons	0,078 mg
Pfifferlinge	0,060 mg

OBST	
Apfel	0,570 mg
Apfelsine	0,240 mg
Aprikose	0,500 mg
Banane	0,450 mg
Birne	0,430 mg
Brombeeren	bis 16,700 mg
Erdbeeren	0,220 mg
Grapefruit	0,270 mg
Johannisbeeren, rot	0,210 mg
Johannisb., schwarz	1,000 mg
Kirsche, süß	0,270 mg
Pfirsich	0,600 mg
Pflaume	0,800 mg
Zitrone	0,800 mg

GETRÄNKE	
Apfelsaft	0,010 mg
Orangens., Handelsw.	0,240 mg
Tomatensaft	0,700 mg

DIVERSES	
Kakaopulver	3,200 mg
Milchschokolade	2,900 mg
Erdnüsse, geröstet	16,400 mg
Walnüsse	24,700 mg
Kartoffelchips	0,360 mg

Vitamin K (Phyllochinon)
Medikamente stören die Blutgerinnung

DER FALL:
Der fünfjährige Peter kommt aus dem Garten in die Küche gestürzt, das Gesicht blutverschmiert. »Mutti, Mutti«, ruft er schon von weitem, »ich habe wieder Nasenbluten!«

Peters Mutter ist gleichzeitig erleichtert und beunruhigt. Zum Glück ist nichts Schlimmes passiert. Aber mit dem Jungen stimmt irgend etwas nicht, denkt sie, ich werde mit ihm zum Arzt gehen müssen – dieses immer wieder auftretende Nasenbluten ist nicht normal.

Tatsächlich stellt der Doktor wenige Tage später anhand einer Blutanalyse fest, daß Peter unter einer Blutgerinnungsstörung leidet. Der Arzt vermutet einen Mangel an Vitamin K. Die Ursache liegt möglicherweise in einer über einen längeren Zeitraum hinweg durchgeführten Antibiotika-Behandlung, die der Junge vor einigen Wochen wegen einer chronischen Mandelentzündung über sich ergehen lassen mußte.

Es ist modern geworden, alle möglichen Entzündungskrankheiten mit sogenannten Antibiotika zu behandeln. Das sind Medikamente, die Bakterien zuverlässig abtöten. Leider ist das nicht immer zum Nutzen des Patienten, denn durch die keimtötenden Arzneimittel werden nicht nur die krankmachenden Bakterien vernichtet; vorübergehend wird auch die gesunde Bakterienflora im Darm zerstört. Die Keime, die sich dort aufhalten, werden vom Organismus aber für zahlreiche lebensnotwendige Stoffwechselprozesse benötigt.

So wird zum Beispiel Vitamin K zum großen Teil von den Darmbakterien aufgebaut. Und nur mit Hilfe dieses Vitamins vermag die Leber eine fermentartige Eiweißzusammensetzung zu bilden, die die Blutgerinnung in Gang setzt.

Vitamin K wurde 1930 nach Tierversuchen in Dänemark entdeckt. Heute kennt man sieben verschiedene K-Vitamine, von denen aber nur K_1 und K_2 Bestandteile unserer natürlichen Ernährung sind. K_1 findet man reichlich in grünem Gemüse, Tomaten und Kartoffeln, K_2 in tierischen Produkten.

Bei einem Mangel an Vitamin K kann es zu Blutungen in das Bindegewebe der Unterhaut, in den Darm und in andere Organe kommen. Im allgemeinen ist die Blutungsneigung vergrößert, die Blutgerinnung hingegen herabgesetzt.

Mangelerscheinungen können auch bei Neugeborenen, vor allem bei Frühgeburten, auftreten. Das kann mehrere Ursachen haben. Zum einen stillen viele Mütter ihre Kinder nicht, sondern die Babys bekommen verdünnte Kuhmilch. Das ist ein großer Nachteil. Denn Muttermilch enthält zehnmal soviel Vitamin K wie Kuhmilch! Das Vitamin-K-Angebot in der Säuglingsnahrung ist also von vornherein mangelhaft. Zum anderen ist aber die Bakterienflora im Darm des Säuglings noch nicht ausgeprägt (sie wird erst nach und nach aufgebaut), so daß der kindliche Organismus von dort aus auch kein oder zuwenig Vitamin K erhält. Der Blutgerinnungsstoff bei Neugeborenen ist derart niedrig, daß die Babys gewöhnlich schon im Krankenhaus vorbeugend mit Vitamin K versorgt werden.

Vitamin K ist fettlöslich. Um das Fett zu lösen, ist Gallensaft notwendig. So kann es auch bei Patienten mit Leberleiden (etwa wenn zuwenig Galle produziert wird) oder Erkrankungen der Gallenwege (bei Steinleiden gelangt zuwenig Galle in den Darm) zu Vitamin-K-Mangelerscheinungen kommen.

»Spinat ist das gesündeste Gemüse!« behaupteten noch unsere Großmütter und fütterten vor allem die bleichsüchtigen Enkelkinder damit, weil Spinat enorme Mengen Eisen enthält. Und Eisen ist ein unerläßlicher Baustoff für das Blut. Die vorsorgliche Oma konnte allerdings noch nicht wissen, was erst die moderne Nahrungsmittelforschung herausgefunden hat: Eisen ist im Spinat an die sogenannte Oxalsäure gebunden und kann aus diesem Grund gar nicht von den Darmwänden aufgenommen werden.

Aber Spinat ist aus anderer Sicht trotzdem gesund: Schon 10 Gramm frischer Spinat enthält so viel Vitamin K, daß ein Erwachsener seinen gesamten Tagesbedarf damit decken kann! Wieviel Vitamin K der Mensch täglich unbedingt benötigt, wurde noch nicht exakt ermittelt; Wissenschaftler schätzen diese Menge auf 0,3 Milligramm. Was für Spinat gilt, trifft auch auf Wirsing und Grünkohl zu: Schon 10 Gramm dieser Gemüsesorten decken den gesamten Tagesbedarf an Vitamin K. Wir finden Vitamin K immer dort, wo auch Chlorophyll anzutreffen ist. So enthalten zum Beispiel grüne Tomaten wegen ihres Chlorophyllgehalts gleich doppelt soviel Vitamin K wie ausgereifte, rote Tomaten.

Der Tagesbedarf an Vitamin K wird außerdem mit 50 Gramm Schweinefleisch oder 250 Gramm Rindfleisch oder 150 Gramm Erbsen völlig gedeckt. Einen hohen Anteil an Vitamin K weisen auch Mangold, Rosenkohl, Karotten, Kartoffeln und Sojabohnenprodukte auf.

Vitamin K ist also in unseren Nahrungsmitteln weit verbreitet. Da der Mensch nur winzige Mengen davon benötigt, treten selbst bei einseitiger Ernährung kaum Mangelerscheinungen auf. Sie sind am ehesten auf die genannten Krankheitsursachen zurückzuführen.

Früher glaubte man allerdings, daß das Fehlen von Vitamin K die Ursache der gefürchteten Bluterkrankheit sei. Bei diesem Leiden, das stets nur auf männliche Nachkommen vererbt wird, kann es schon bei der geringsten Prellung zu schweren inneren Blutungen kommen, die kaum zu stillen sind. Inzwischen ist geklärt, daß neben Vitamin K zahlreiche andere Faktoren an der Blutgerinnung beteiligt sind. Bei der Bluterkrankheit, so fand man heraus, fehlt der Gerinnungsfaktor VIII. Da dieser Stoff isoliert und künstlich hergestellt werden kann, läßt sich die Bluterkrankheit heute gut beherrschen: Bei einer auftretenden Blutung kann der Kranke selbst sofort den Gerinnungsfaktor VIII spritzen. Bluter werden in dieser Hinsicht ebenso wie insulinpflichtige Zuckerkranke, die sich täglich das Bauchspeicheldrüsenhormon injizieren müssen, genau unterwiesen. Vitamin K beeinflußt den Gerinnungsfaktor VIII nicht, wird aber zur Produktion der Gerinnungsfaktoren VII und X benötigt.

VERBRAUCHER-TIP:

Wenn man Gemüse im Licht liegen läßt, wird es schnell gelb: Das ist ein Zeichen dafür, daß Chlorophyll und damit auch Vitamin K verlorengehen. Nicht weniger empfindlich reagiert Vitamin K auf Sauerstoff. Gemüse und Salat werden deshalb von der umsichtigen Hausfrau bis zur Zubereitung in Klarsichtfolie verpackt und an einem dunklen Ort aufbewahrt.

Verbraucher-Tip:

Gemüsekonserven aus Weißblech sollten grundsätzlich erst unmittelbar vor der Zubereitung einer Mahlzeit geöffnet werden – damit verhindert man den Verlust von Chlorophyll und somit auch von Vitamin K. Da das Vitamin – im Gegensatz zu den B-Vitaminen – nicht wasserlöslich ist, macht ihm der Kochvorgang nichts aus.

Tagesbedarf an Vitamin K = 0,3 Milligramm

Menüvorschlag: Rindersteak mit Sauerkrautsalat

Frühstück (540 kcal/2260 kJ):
Ein weichgekochtes Ei, zwei Scheiben Grahambrot, Butter, zwei Scheiben Käse, Kaffee oder Tee mit Milch und Zucker nach Belieben.

Mittagessen (610 kcal/2545 kJ):
Rindersteak von 150 Gramm und vier kleine Pellkartoffeln in Butter bräunen. Aus 200 Gramm Sauerkraut, einer gehackten Zwiebel und einem kleingeschnittenen Apfel mit Marinade aus Joghurt, Zitrone, Pfeffer, Salz und gehackter Petersilie Salat zubereiten. Als Dessert: Erdbeeren mit Sahne.

Abendessen (590 kcal/2470 kJ):
Ein Glas Hagebuttentee, Tomatensalat, zwei Scheiben Vollkornbrot mit Butter, Corned Beef und Camembert.

Dieser Tagesplan enthält ca. 4,4 Milligramm Vitamin K.
Gesamt: 1740 kcal/7280 kJ.

Vitamin-K-Nährwert-Tabelle

Mittelwerte für 100 g pro eßbarem Anteil
μg = Mikrogramm, mg = Milligramm, g = Gramm

Zum Vergleich:
Muttermilch 3,000 μg

MILCH UND MILCHPRODUKTE	
Vollmilch	4,000 μg
Joghurt, 0,3 %	0,500 μg
Quark, 40 %	50,000 μg

FETTE	
Butter	0,060 mg
EI	
Hühnerei	0,045 mg

FLEISCH	
Rinderleber	0,045 mg
Schweineleber	0,024 mg
Huhn	0,300 mg
Hühnerleber	0,590 mg
GETREIDE	
Weizenkleie	0,080 mg
GEMÜSE	
Blumenkohl	0,300 mg
Erbsen	bis 36,000 µg
grüne Bohnen	0,022 mg
Gurke	5,000 µg
Kartoffel	bis 0,080 mg
Kopfsalat	0,200 mg
Mais	1,500 µg
Möhren	0,080 mg
Rosenkohl	0,570 mg
Sauerkraut	1,540 mg
Sojabohnen	0,190 mg
Spargel	bis 0,060 mg
Spinat	0,350 mg
Tomaten	0,630 mg
Weißkohl	bis 0,250 mg
Champignons	0,017 mg
OBST	
Apfel	bis 5,000 µg
Apfelsine	bis 5,000 µg
Erdbeeren	0,013 mg
Hagebutten	bis 0,100 mg
DIVERSES	
Blütenhonig	0,025 mg

Teil II

Die Geheimnisse der Mineralstoffe und der Spurenelemente

Verdecktes Krankheitsbild

Wer Hühner hält, der weiß Bescheid: Das Federvieh braucht Kraftfutter, um möglichst viele, einwandfreie Eier zu legen. In der Kleintierzucht mag das zwar keine so bedeutende Rolle spielen. Aber wenn jede von 30 000 Hennen in einer Legebatterie pro Jahr nur ein einziges Ei weniger legt, dann drückt sich das in barer Münze aus. Der Besitzer der »Eierfabrik« müßte mit einem Verlust von ein paar tausend Mark rechnen.

Da lohnt es sich schon, einen Tierarzt zu bemühen. Der wird nach allen Richtungen hin untersuchen, warum die Hühner so legefaul sind. Ein Grund könnte beispielsweise sein, daß ihr Futter zuwenig Kalk enthält.

In der Landwirtschaft kennt man sich mit Mineralmangelerscheinungen gut aus. Es gibt kaum einen Viehzüchter, der nicht peinlich genau darauf achtet, daß dem Viehfutter auch genügend Mineralstoffe beigemengt werden. Denn sonst gäben Kühe weniger Milch, und die Schweine blieben mager.

Die vierbeinigen Hausgenossen kommen auch nicht zu kurz. Auf keiner Packung Hunde- oder Katzenfutter fehlt der Hinweis: »Mit Calcium, Phosphor und anderen wichtigen Mineralien.« Mineralstoffe sind für den Menschen genauso wichtig wie für das Tier. Ohne sie gäbe es kein Leben. Im Normalfall würden wir mit der täglichen Nahrung auch genügend Mineralien zu uns nehmen, um gesund zu bleiben. Aber kaum einer ernährt sich heute noch »normal«, denn viele unserer Nahrungsmittel werden auf ausgelaugten Böden angebaut. Andere Lebensmittel werden auf widersinnige Art »verfeinert«, so daß ihnen oft die lebenswichtigen Mineralstoffe gänzlich fehlen. »Raffinieren« nennt man diesen Prozeß. Nur ein Beispiel dafür: Beim Mahlprozeß von Getreidekörnern werden die feinen Außenhäutchen des Korns abgesondert. Man nennt sie Kleie – und wirft dieses eiweißreiche Kraftfutter den Schweinen vor. Kleie enthält aber auch Calcium und Magnesium, zwei Substanzen, auf die der menschliche Körper nicht verzichten kann. Und trotzdem begnügt sich der Feinschmecker mit dem schönen weißen Mehl, mit völlig leeren Kohlenhydraten!

In der Humanmedizin (das ist der Bereich der medizinischen Wissenschaft, der den Menschen und dessen Krankheiten betrifft) hat man sich über Mineralstoffe erst in den letzten Jahren Gedanken gemacht. In der medizinischen Literatur gab es bisher nur wenige, vereinzelte Kapitel über mögliche Mineralmangelzustände. Ein umfassendes Lehrbuch über den Mineralstoffhaushalt des menschlichen Körpers gibt es nicht. Und man kann ohne Übertreibung sagen, daß die Mineralstofforschung noch in den Kinderschuhen steckt.

Allerdings stößt man hin und wieder auf Zeitungsmeldungen, die nachdenklich machen. Da stellt zum Beispiel der Hamburger Professor DR. SCHWARZ fest, daß die Hauptursache der gefährlichen Osteoporose (Knochenentkalkung) in einer Unterversorgung mit Calcium zu finden ist. Andererseits fand man bei Untersuchungen in Altenheimen heraus, daß die dort gereichte Gemeinschaftskost fast immer zuwenig Calcium enthält!

Es gibt keinen Zweifel darüber, daß verschiedene Mineralmangelzustände weit verbreitet sind. Leider ähneln sie oft anderen Krankheitsbildern so verblüffend, daß sie nie – oder zu spät – erkannt werden. Die Begleiterscheinungen sind so vielfältig, daß ein Mineralmangel – häufig die wirkliche Ursache der gesundheitlichen Störungen – verdeckt und verschleiert wird. Die richtige Diagnose ist dann keineswegs eine leichte Sache.

So laufen beispielsweise zahllose Patienten mit verschiedensten Beschwerden von Arzt zu Arzt und hören immer wieder den gleichen Satz: »Ohne Befund!« Das heißt, ihr Blutdruck ist in Ordnung, ihr Herz schlägt regelmäßig, im Urin finden sich keine krankhaften Werte, und eine Blutuntersuchung erbringt auch nichts Beunruhigendes. Man schätzt, daß bei etwa 60 bis 70 Prozent der Patienten in der Praxis eines Allgemeinmediziners keine organischen Schäden festgestellt werden, sondern daß diese Menschen unter sogenannten vegetativen Störungen leiden. Das bedeutet, daß die unbewußten Nerven durcheinandergeraten sind, was möglicherweise auf seelische Belastungen, auf Arzneimittelmißbrauch oder auf ein Zuviel an Genußmitteln zurückzuführen ist. Mineralstoff-Experten sind allerdings der Ansicht, daß ein Heer von vegetativ labilen Menschen lediglich unter einem versteckten Mineralstoffmangel leiden.

Bei der Behandlung mit Mineralstoffen handelt es sich im wesentlichen noch um Erfahrungsmedizin. Denn die Methoden zum Nachweis von Mineralstoffen im menschlichen Körper sind zum Teil derart kompliziert, daß sie nur an einigen Universitätsinstituten mit enorm aufwendigen diagnostischen Apparaten durchgeführt werden können. Dennoch verordnen immer mehr Ärzte ihren Patienten Mineralstoffe, weil sie in jahrelanger Praxis schon Erfahrungen mit deren Wirkungsbreite sammeln konnten.

Zu den wichtigsten Mineralstoffen rechnet man Natrium, Kalium, Calcium und Magnesium. Notwendige Spurenelemente sind darüber hinaus Mangan, Kupfer, Kobalt, Fluor, Jod, Zink und Eisen. Wer sich mit Mineralstoffen und Spurenelementen auskennt, kann sich oft selbst vor zahlreichen Befindensstörungen schützen.

Mineralstoffe

Natrium

Vorsicht mit dem Salzstreuer

DER FALL:
Aus aller Welt wurde in den letzten Jahren bestätigt: Je mehr Kochsalz (Natriumchlorid) aufgenommen wird, desto ungünstiger ist dies für den Blutdruck. Allerdings reagiert nicht jeder Hochdruckkranke auf eine kochsalzarme Kost. Professor ROSENTHAL *vom Zentrum für Innere Medizin in Ulm hat jedoch ermittelt, daß sich der Bluthochdruck im Schnitt allein durch eine kochsalzarme Ernährung um 10 Millimeter Quecksilbersäule senken läßt. Dabei darf nicht völlig auf Salz verzichtet werden – denn der Organismus benötigt eine gewisse Menge an Natrium für lebenswichtige Funktionen.*

Die Bundesrepublik ist eines der salzreichsten Länder der Erde. Sie verfügt praktisch über unerschöpfliche Salzlagerstätten – jährlich werden bei uns rund zehn Millionen Tonnen Kochsalz im Bergbau oder durch Soleverdampfung gewonnen. Der weitaus größte Teil dieses Salzes wird von der chemischen Industrie verwendet – nur verschwindende 3 Prozent wandern in die Salztöpfe der Haushalte und der Gastronomie. Aber eben diese 3 Prozent, so argumentieren jetzt Wissenschaftler in aller Welt, bedrohen unsere Gesundheit.

Salz war wirklich einmal so teuer wie Gold. Selbst römische Legionäre erhielten ihren Sold zum Teil noch in Salzportionen, die sie zu erstaunlichen Beträgen wieder loswerden oder gegen Naturalien eintauschen konnten.

Um viele Salzvorkommen wurden blutige Kämpfe ausgetragen. Wo es gelang, Salz zu gewinnen, blühten wohlhabende Städte auf. Zu Zeiten konnten sich nur die reichen Leute das kostbare Salz leisten, das heute für ein paar Pfennig zu haben ist (die Industrialisierung hat es möglich gemacht). Parallel zum sinkenden Preis schnellte der Salzverbrauch in ungesunde Höhen. Ernährungsforscher sind heute der Ansicht, daß zu hoher Salzkonsum die Mitursache für eine gefährliche Volkskrankheit geworden ist: für den Bluthochdruck. Millionen Menschen leiden darunter und riskieren vorzeitige Gefäßverkalkung, Durchblutungsstörungen, Herzinfarkt und Schlaganfall.

Dabei ist Natrium (5 Gramm Kochsalz, chemisch Natriumchlorid, entsprechen etwa 2 Gramm Natrium) ein lebenswichtiger Mineralstoff. Es ist zum Beispiel notwendiger Bestandteil der Blutflüssigkeit. Aber zuviel Natrium ist für den Körper reinstes Gift. Es muß abgebaut werden – und dazu benötigt der Organismus Magnesium und Calcium. Wer viel Kochsalz ißt, opfert diese beiden wertvollen Mineralstoffe dauernd für die Natriumentgiftung.

Vom medizinischen Standpunkt aus gesehen sind 3 bis 5 Gramm Kochsalz pro Tag eine unschädliche Menge, die jeder gesunde Mensch verkraften kann. Der tägliche Pro-Kopf-Verbrauch liegt in der Bundesrepublik aber bereits bei mehr als 15 Gramm – also dreimal so hoch, wie er eigentlich sein dürfte!

Wer einen Salzhering ißt, bekommt Durst. Dieser Durst ist nichts anderes als eine Selbstschutzmaßnahme des Körpers – denn die Salzkristalle müssen aufgelöst werden, damit sie möglichst rasch wieder ausgeschieden werden können. Große Flüssigkeitsmengen aber belasten Nieren und Herz, und Salzwasser staut sich im Gewebe.

Das ist der Grund, warum Herz- und Nierenkranke mit wassersüchtigen Schwellungen, sogenannten Ödemen, und Ergüssen im Brust- und Bauchraum, warum auch wassersüchtige Hungerkranke salzarm leben müssen. Denn das Natrium im Kochsalz hält das Wasser im Körper fest und begünstigt damit die Wassersucht.

Verzichtet man auf das Nachsalzen bei Tisch und streicht gesalzene Nahrungsmittel aus dem Speisezettel, dann kommt man etwa auf die erforderliche Natriummenge, die der Körper täglich benötigt. Nur bei akuter Nierenentzündung, schweren Ödemzuständen und stark erhöhtem Blutdruck muß der Kochsalzgehalt der Kost bis unter ein Gramm pro Tag gekürzt werden. Aber über Wochen und Monate mit nur 3 bis 5 Gramm Kochsalz am Tag zu leben, stellt hohe Anforderungen an die Selbstdisziplin des Kranken und natürlich an die kochende Hausfrau.

Auf der anderen Seite darf man nicht vergessen, daß als Folge eines

Natriummangels und der dadurch bedingten Wasserverarmung des Körpers schwere Nierenstörungen und andere Krankheitserscheinungen entstehen können. Trotz aller Bemühungen ist es bisher nicht gelungen, das Kochsalz als Würzmittel durch einen auch nur annähernd gleichwertigen natriumfreien Stoff zu ersetzen. Die Salzersatzmittel, die auf dem Markt angeboten werden, schmecken viel weniger salzig als Kochsalz; manche haben überdies einen unangenehmen Nachgeschmack.

VERBRAUCHER-TIP:
Kochsalz, das wir mit der Nahrung zu uns nehmen, ist selten sichtbar – nur dann etwa, wenn man es mit dem Salzstreuer auf das Frühstücksei gibt. Aber fast alle unsere Lebensmittel sind ge- oder bereits versalzen. Brötchen, Bratwurst, Schinken, Cornflakes, Käse, Milch, Fisch, ja selbst die Schokolade. 100 Gramm roher Räucherschinken enthalten beispielsweise 5,6 Gramm Salz, ein Beutel Salzstangen meist schon 6 Gramm und 100 Gramm Matjeshering sogar rund 6,5 Gramm Salz. Viele Konserven enthalten sogar die 250fache Salzmenge, wie sie etwa in dem ursprünglichen Gemüse vorkommt. Interessant und nützlich zu wissen ist die Tatsache, daß tiefgefrorenen Erbsen überhaupt kein Kochsalz zugesetzt wird.

Die Zunge des Zivilisationsmenschen ist abgestumpft – sie verlangt nach immer mehr Salz. Ganz automatisch greift man in einer Gastwirtschaft zum Salzstreuer, um ein Gericht tüchtig nachzuwürzen.

Meersalz enthält von Natur aus rund dreißig verschiedene Mineralstoffe, die der Körper für einen reibungslosen Stoffwechsel benötigt. Darunter sind auch Kalium und Calcium, die mit dem giftigen Natrium fertigwerden. Unser Kochsalz wird durch chemische »Verfeinerung« aber derart verändert, daß allein Natrium und Chlor übrigbleiben.

VERBRAUCHER-TIP:
Die umsichtige Hausfrau wird zwar nicht auf das Salz in der Suppe verzichten wollen, sieht Salz aber nicht unbedingt als Würzstoff an. Als gute Köchin bedient sie sich statt dessen lieber ausgesuchter Kräuter wie Salbei und Thymian, Koriander und Nelken, um einer Speise den letzten Pfiff zu geben.

VERBRAUCHER-TIP:
Gesünder als herkömmliches Kochsalz ist auf jeden Fall das sogenannte »Vollmeersalz«, das man in Reformhäusern und Apotheken kaufen kann. Ihm werden die lebenswichtigen Mineralstoffe und Spurenelemente nicht entzogen. Aber auch Vollsalz darf nicht im Übermaß genossen werden – hier ist es wie mit allen Dingen: Die Dosis macht es aus.

Beim Schwitzen verliert der Körper Salz

Hochsommerliche Temperaturen, die einem von morgens bis abends den Schweiß auf die Stirn treiben, können den stärksten Mann aus dem Gleichgewicht bringen und schachmatt setzen. Ursache der mit Kopfschmerzen und Übelkeit verbundenen Kreislaufstörung ist nicht selten ein rapider Salzverlust des Körpers. Der überhitzte Organismus gibt nämlich mit dem Schweiß auch Salz ab, in extremen Fällen bis zu 5 Gramm pro Stunde. Der Körper braucht aber dringend Salz, wenn Stoffwechsel und Wärmeregulierung fehlerlos funktionieren sollen. Fehlt dem Organismus Salz, dann wird der Betroffene sehr schnell erschöpft, klagt über Schwindelgefühle und ist von Muskelkrämpfen bedroht. Sportler, die aufgrund ihrer körperlichen Leistungen viel schwitzen, nehmen sogar Salztabletten ein, um bei Kräften und im Gleichgewicht zu bleiben. Für die heißen Tage des Jahres empfiehlt sich für Gesunde, schon morgens Tee mit Zitrone und einer kleinen Prise Salz zu trinken oder tagsüber gut gewürzte Fleischbrühe zu sich zu nehmen.

So ist das mit dem hohen Blutdruck

Wenn unsere allgemeine Lebenserwartung immer noch von steigender Tendenz ist (nach den neuesten Ermittlungen liegt sie für Frauen bei 76,4, für Männer bei 69,6 Jahren), so ist das nicht zuletzt auch auf die Errungenschaften der modernen Pharmaindustrie zurückzuführen. Doch es ist auch richtig, daß sich – vornehmlich ein gering erhöhter – Bluthochdruck sehr häufig ohne jegliche Medikamentation wieder normalisieren läßt.

Statistisch leiden rund 20 Prozent der Bevölkerung in der Bundesrepublik an Bluthochdruck. Aber der im Sprechzimmer des Arztes auftretende Hochdruck kann sich zu Hause schon längst wieder normalisiert haben. Dieser sogenannte Erwartungs-Hochdruck ist nämlich sehr typisch. Deshalb sollte man sich unbedingt zu einem späteren Zeitpunkt noch einmal an einem neutralen Ort (etwa in der Apotheke) den Blutdruck messen lassen, bevor man die verordneten Tabletten schluckt.

Wird der Blutdruck mehrmals und zu verschiedenen Tageszeiten als zu hoch befunden, so sollte man sich trotzdem nicht ein Leben lang damit abfinden.

Der einleitend zitierte Professor ROSENTHAL hat auch festgestellt, daß durch eine Reduktion des Körpergewichts der überhöhte Blutdruck sinkt. Der Wissenschaftler verordnete achtzig schwergewichtigen Bluthochdruckkranken eine Hungerkur. Im Schnitt verloren diese Patienten rund 10 Kilogramm. Allein dadurch konnte ihr überhöhter Blutdruck um rund 20 Millimeter Quecksilbersäule gesenkt werden.

Wer unter hohem Blutdruck leidet, braucht nicht auf körperliche Bewegung zu verzichten. Im Gegenteil: Regelmäßiges Training wirkt blutdrucksenkend. Hier gilt die Regel: Überlastung schadet – Untätigkeit schwächt – Übung kräftigt. Wettkampfsportarten sind jedoch in jedem Fall abzulehnen. Sporttauchen ist für Hochdruckkranke sogar gefährlich. Der Wasserdruck belastet das Gefäßsystem und kann den Blutdruck weiter in die Höhe treiben, so daß es zu ernsthaften Zwischenfällen unter Wasser kommen kann. Hingegen dürfen Hypertoniker nach Herzenslust schwimmen, auch Radfahren und Jogging betreiben.

Zu den wichtigsten Kriterien der natürlichen Behandlung gehört ein vernünftiges Maß an Spannung und Entspannung. Hat man den Streß vor einigen Jahren noch verteufelt, so sind die Wissenschaftler heute der Ansicht, daß er eine lebensnotwendige Sache ist. Allerdings gibt es krankmachenden Streß, der aus falschem Ehrgeiz und übertriebenem Leistungsdrang entsteht. Dieser sogenannte Di-Streß ist Gift für den Bluthochdruckkranken. Baut man diese Stressoren ab, so hat Professor ROSENTHAL herausgefunden, sinkt der Blutdruck ebenfalls.

In geselliger Runde wird fast immer Alkohol getrunken, und auch der Hypertoniker braucht nicht darauf zu verzichten. In kleinen

Mengen, so der Ulmer Wissenschaftler, wirkt er sogar blutdrucksenkend.

Alles in allem: Selbst wenn sich der Blutdruck durch diese natürlichen Gegenmaßnahmen nicht völlig normalisiert, so reichen sie häufig aus, daß die Patienten mit einem Minimum an Medikamenten auskommen.

Zehn goldene Regeln für Bluthochdruckkranke

Bluthochdruck bezeichnet man als die Volkskrankheit Nummer eins. Deshalb haben die Bundesärztekammer und die Deutsche Liga zur Bekämpfung des hohen Blutdrucks verstärkt zum Kampf gegen dieses gefährliche Leiden aufgerufen. Gemeinsam haben sie zehn Regeln für Hochdruck-Patienten aufgestellt. Wer gesund bleiben will, sollte sie beherzigen.

1. Regelmäßig den Blutdruck kontrollieren

Der Blutdruck verändert sich im Laufe eines Tages und während der Nacht häufig, was von zahlreichen Faktoren abhängt, wie etwa Körperhaltung, Atmung, körperliche Belastung, Schlaf oder Aufregung. Das ist ganz normal. Aber übermäßig starke Schwankungen können erste Anzeichen von zu hohem Blutdruck sein. Deshalb sind regelmäßige Kontrollen wichtig. Das gilt auch schon für Jugendliche!

2. Übergewicht vermeiden

In vielen Fällen kann eine Gewichtsabnahme einen erhöhten Blutdruck normalisieren. In der Zeit der Mangelernährung nach dem Krieg war Bluthochdruck zum Beispiel eine seltene Krankheit. Hochdruck-Patienten sollten sich deshalb an die vom Arzt verordnete Diät halten.

3. Mit Kochsalz sparsam umgehen

Kochsalz erfüllt im Körper wichtige Funktionen und spielt auch in der Regulation des Blutdrucks eine wesentliche Rolle. Allgemein gilt: Je mehr Kochsalz aufgenommen wird, desto ungünstiger ist dies für den Blutdruck. Für Hochdruck-Patienten ist es fast immer notwendig, mit Salz sparsam umzugehen.

4. Körperliches Training

Wegen zu hohen Blutdrucks braucht niemand auf Bewegung zu verzichten. Wer Spaß am Sport hat, sollte ihn ruhig betreiben. In jedem Fall gilt wie gesagt die Regel: Überlastung schadet - Untätigkeit schwächt - Übung kräftigt.

5. Konsequente Behandlung

Heute steht eine große Zahl von blutdrucksenkenden Medikamenten zur Verfügung (siehe auch die vorhergehenden Seiten: So ist das mit dem hohen Blutdruck). Der behandelnde Arzt hat viele Möglichkeiten, seinen Patienten das jeweils richtige Medikament oder die am besten geeignete Kombination von Arzneimitteln zu verordnen. Die Anweisungen des Arztes sollten genau und konsequent befolgt werden. Die Vorteile eines medikamentös gut kontrollierten Blutdrucks überwiegen normalerweise die unangenehmen Nebenwirkungen.

6. Rauchen einstellen

Zigarettenrauchen sollten Hochdruck-Patienten auf jeden Fall unterlassen. Nikotin ist ein schweres Gift für die Blutgefäße und ein enormer Risikofaktor für Herzinfarkt und Schlaganfall.

7. Alkoholgenuß einschränken

Alkoholische Getränke in geringer Menge haben zwar nicht direkt einen ungünstigen Einfluß auf den Bluthochdruck, zwei Faktoren sind für Hochdruck-Patienten aber von entscheidender Bedeutung: Alkohol verstärkt den ermüdenden Nebeneffekt von manchen blutdrucksenkenden Medikamenten und enthält eine Menge Kalorien, die eine Gewichtsabnahme verhindern.

8. Hetze und Streß vermeiden

Streß, Spannungen und Hetze sollten abgebaut werden. Geordnete Lebensweise, Vermeidung von Unruhe, Hast und Konfliktsituationen verbessern den Erfolg der Behandlung des Bluthochdrucks. Die berufliche und die persönliche Situation sollten seelische Überforderungen ausschalten.

9. Ausreichend Schlaf und Entspannung

Während des Schlafes sinkt der Blutdruck. Deshalb ist es wichtig, nachts gut zu schlafen. Auch ein Mittagsschlaf senkt den Blutdruck.

10. Vorsicht bei raschem Klimawechsel und bei Flugreisen

Ruhe und Erholung haben nicht nur für den arbeitenden Menschen, sondern natürlich auch für den Kranken einen besonderen Stellenwert. Daher kommt beim Hochdruck-Patienten der Urlaubsgestaltung große Bedeutung zu. Ein zusammenhängender Urlaub in waldreichen Mittelgebirgen ist am besten geeignet. Aber auch Flachland und Seeklima sind normalerweise gut verträglich. Allerdings ist von zu intensiver Sonneneinwirkung sowie von überfüllten Stränden abzuraten. Bei Flugreisen und Hochgebirgstouren unbedingt vorher den Arzt um Rat fragen!

Tagesbedarf an Natrium = 3–5 Gramm

Menüvorschlag für natriumarme Kost: Kalbsragout

Frühstück (460 kcal/1925 kJ):
Ein weichgekochtes Ei, zwei Scheiben Toast, zwei Teelöffel Butter, zwei Teelöffel Bienenhonig, Kaffee und Milch.

Mittagessen (830 kcal/3470 kJ):
150 Gramm Kalbfleisch ohne Salz gar kochen und klein schneiden; 150 Gramm Champignons in etwas Butter schmoren, Kalbfleisch zufügen, mit einem Eßlöffel Mehl bestäuben und mit der Kalbsbrühe aufgießen. Mit Zitronensaft, Muskat und einem Eßlöffel gehackter Petersilie abschmecken. Dazu 60 Gramm gekochter Reis und Kopfsalat in Joghurt-Zitronen-Marinade ohne Salz, mit einer Prise Zucker und Pfeffer gewürzt.

Abendessen (630 kcal/2640 kJ):
Zwei Scheiben Toast, zwei Teelöffel Butter, zwei Scheiben vollfetter Käse, zwei Tomaten, eine Paprikaschote, ein Eßlöffel gehackte Petersilie.

Dieser Tagesplan enthält nur ca. 0,2 Milligramm Natrium.
Gesamt: 1920 kcal/8030 kJ.

Natrium-Nährwert-Tabelle

Mittelwerte für 100 g pro eßbarem Anteil
µg = Mikrogramm, mg = Milligramm, g = Gramm

Zum Vergleich:

Muttermilch	16,000 mg
MILCH UND MILCHPRODUKTE	
Vollmilch	48,000 mg
Magermilch	53,000 mg
Buttermilch	57,000 mg
Kondensmilch, 10 %	128,000 mg
Sahne, 30 %	34,000 mg
Joghurt, 3,5 %	48,000 mg
Joghurt, 0,3 %	57,000 mg
Gouda, 45 %	869,000 mg
Edamer, 45 %	654,000 mg
Brie, 50 %	1,170 g
Camembert, 60 %	944,000 mg
Quark, 40 %	34,000 mg
Schmelzkäse, 45 %	1,260 g
FETTE	
Butter	5,100 mg
Lebertran	0,100 mg
Margarine	76,000 mg
EI	
Hühnerei	144,000 mg
FLEISCH	
Corned Beef	950,000 mg
Hammelfleisch	90,000 mg
Kalbfleisch	100,000 mg
Kasseler	0,958 g
Rindfleisch	58,000 mg
Rinderleber	116,000 mg
Schweinefleisch	58,000 mg
Schweineleber	77,000 mg
Schweineschinken	2,530 g
Ente	bis 200,000 mg
Huhn	82,500 mg
Hühnerleber	68,000 mg
WURST	
Blutwurst	680,000 mg
Bratwurst	520,000 mg
Cervelatwurst	1,260 g
deutsche Salami	1,260 g
Knackwurst	1,190 g
Leberwurst	0,810 g
Weißwurst	620,000 mg
FISCH	
Aal, geräuchert	500,000 mg
Auster	bis 505,000 mg
Forelle	40,000 mg
Heilbutt	67,000 mg
Hering	117,000 mg
Karpfen	46,000 mg
Makrele	95,000 mg
Matjeshering	2,500 g
Ölsardinen	505,000 mg
Rotbarsch	80,000 mg
Schellfisch	116,000 mg
Thunfisch	43,000 mg
REIS	
Reis, unpoliert	10,000 mg
Reis, poliert	6,000 mg

GETREIDE	
Haferflocken	5,000 mg
Weizenkleie	2,000 mg

BROT	
Brötchen	553,000 mg
Knäckebrot	463,000 mg
Roggenbrot	552,000 mg
Vollkornbrot	380,000 mg
Weißbrot	385,000 mg
Zwieback	263,000 mg

TEIGWAREN	
Nudeln	17,000 mg

GEMÜSE	
Artischocke	47,000 mg
Blumenkohl	16,000 mg
Brunnenkresse	12,000 mg
Chinakohl	6,700 mg
Erbsen	2,000 mg
Feldsalat	4,000 mg
grüne Bohnen	2,400 mg
grüner Paprika	1,750 mg
Grünkohl	42,000 mg
Gurke	8,500 mg
Kartoffel	3,200 mg
Knollensellerie	77,000 mg
Kohlrabi	32,000 mg
Kopfsalat	10,000 mg
Linsen	4,000 mg
Löwenzahnblätter	76,000 mg
Mais	0,300 mg
Möhren	60,000 mg
Petersiliengrün	33,000 mg
Rettich	18,000 mg
Rhabarber	2,000 mg
Rosenkohl	7,000 mg
rote Bete	86,000 mg
Sauerkraut	355,000 mg
Schnittlauch	3,000 mg
Sojabohnen	4,000 mg
Spargel	4,000 mg
Spinat	65,000 mg
Tomaten	6,300 mg
weiße Bohnen	2,000 mg
Weißkohl	13,000 mg
Wirsing	9,000 mg
Zwiebel	9,000 mg
Champignons	8,000 mg
Pfifferlinge	3,000 mg

OBST	
Apfel	3,000 mg
Apfelsine	1,400 mg
Aprikose	2,000 mg
Banane	1,000 mg
Birne	2,100 mg
Brombeeren	3,000 mg
Erdbeeren	2,500 mg
Grapefruit	1,600 mg
Hagebutten	146,000 mg
Holunderbeeren	0,500 mg
Johannisbeeren, rot	1,400 mg
Johannisb., schwarz	1,500 mg
Kirsche, sauer	2,000 mg
Kirsche, süß	2,700 mg
Kiwi	4,100 mg
Pfirsich	1,300 mg
Pflaume	1,700 mg
Sanddornbeeren	3,500 mg
Weintrauben	1,900 mg
Zitrone	2,700 mg

GETRÄNKE	
Apfelsaft	2,200 mg
Orangensaft, frisch	1,000 mg
Orangens., Handelsw.	1,400 mg
Tomatensaft	5,100 mg
Traubensaft	2,600 mg
Zitronensaft	1,000 mg
Cola-Getränke	6,000 mg
Rotwein	3,000 mg
Weißwein	2,000 mg
Vollbier, dunkel	3,000 mg
Vollbier, hell	5,000 mg
Weißbier	4,000 mg
Weinbrand	2,400 mg
Whisky	0,140 mg
Kaffee, geröstet	3,600 mg
Tee, schwarz	6,000 mg

DIVERSES	
Ananas, in Dosen	1,000 mg
Blütenhonig	7,400 mg
Zucker	0,300 mg
Eiscreme	110,000 mg
Fruchteis	20,000 mg
Kakaopulver	17,000 mg
Milchschokolade	58,000 mg
Rosinen	21,000 mg
Erdnüsse, geröstet	5,700 mg
Walnüsse	2,400 mg
Bäckerhefe	34,000 mg
Bierhefe	54,0–100,0 mg
Kartoffelchips	450,000 mg
Mayonnaise	481,000 mg
Tomatenketchup	1,300 g

Kalium
Wenn der Wasserhaushalt nicht stimmt

DER FALL:
Darmträgheit ist ein weitverbreitetes Übel. Else Schubert, siebenunddreißig Jahre, konnte sich kaum daran erinnern, daß es mit ihrer Verdauung schon einmal richtig geklappt hatte. »Seit meiner Kindheit leide ich unter Verstopfung«, schilderte die Patientin einem Arzt. Ihr Hauptproblem aber war ein Übergewicht von rund 30 Pfund. »Ich komme einfach nicht davon runter«, seufzte sie. »Ich habe es mit allen möglichen Hungerkuren versucht. Aber wenn ich nur ein paar Tage eine Diät einhalte, fühle ich mich sterbenselend. Dann plagen mich entsetzliche Kopfschmerzen, mir wird schwindelig; einige Male bin ich schon regelrecht umgekippt.«

Die Untersuchung ergab, daß die Patientin keineswegs unter Fettsucht litt. Ihr Übergewicht resultierte aus Wasseransammlungen unter der Haut, sogenannten Ödemen. Bei Ödemen denkt der Arzt zunächst an Herzleiden oder Nierenerkrankungen. Zum einen kann nämlich das Herz zu schwach sein, um die Körperflüssigkeit abzupumpen; zum anderen können die Nieren nicht mehr so funktionstüchtig sein, um die Flüssigkeit genügend auszufiltern. In beiden Fällen staut sich das Wasser im Gewebe. Bei Frau Schubert waren aber beide Organe gesund, wie sich nach einfachen Funktionsprüfungen herausstellte.

Ein anderes, sehr typisches Symptom legte die Vermutung nahe, daß die Patientin vielmehr an einem Mineralstoffmangel litt. Denn sie erklärte: »Manchmal fühle ich mich so schlapp, daß ich kaum die Treppen hochkomme.«

Ödeme, Verstopfung, Schlappheit der Muskeln – das alles deutet auf eine Störung im Kalium-Natrium-Haushalt des Organismus hin. Diese beiden wichtigen Mineralien steuern nämlich gemeinsam die Körperelektrizität und sind damit auch für die Muskeltätigkeit verantwortlich. Wenn bei einem Kaliummangel das natürliche Verhältnis von Natrium zu Kalium gestört ist, treten Schlappheit und Trägheit der Muskulatur auf. Überdies regulieren Kalium und Natrium den Wasserhaushalt des Körpers. Natrium hält das Wasser im Zellgewebe fest. Kalium ist der Gegenspieler, sozusagen der Regulator. Fehlt Kalium, kommt es zu Ödembildungen.

Kaliummangel infolge Fehlernährung tritt ganz selten auf, denn in unseren Nahrungsmitteln ist dieser Mineralstoff reichlich vorhanden. Gemüse, Nüsse, Obst, getrocknete Früchte und Pilze sind besonders kaliumhaltig. Vor allem aber Bananen. 100 Gramm getrocknete Bananen enthalten rund 1,5 Gramm Kalium – und der Tagesbedarf für einen Erwachsenen wird von der Deutschen Gesellschaft für Ernährung mit 2 bis 3 Gramm angegeben. 100 Gramm frische Bananen enthalten immerhin noch fast 0,5 Gramm Kalium.

Verringerte Kaliumwerte – die durch eine Laboranalyse im Blutserum eindeutig nachzuweisen sind – haben meist andere Ursachen als Ernährungssünden. Es gibt nämlich eine Anzahl von Arzneimitteln, die Kalium aus dem Körper ausschwemmen. Dann bekommt das Natrium das Übergewicht und hält das Wasser im Organismus zurück. Schon 9 Gramm Natrium können 1 Liter Wasser im Gewebe binden.

Zu den kaliumfeindlichen Medikamenten gehören Mittel gegen Bluthochdruck, manche Herztabletten, Medikamente zur Förderung der Harnausscheidung und vor allem Abführmittel. Patienten, die routinemäßig zu solchen Verdauungshilfen greifen, geraten in einen Teufelskreis: Ihr Darm ist träge, sie schlucken ein Abführmittel; dadurch wird Kalium ausgeschwemmt; da Kalium aber für die Muskeltätigkeit des Darms verantwortlich ist, wird dieser bei einem Mangel noch träger; nun wird meist die Abführmitteldosis erhöht; als Folge davon wird der Patient seine Verstopfung überhaupt nicht mehr los.

Bis zu 95 Prozent der Kaliummenge, die sich der Körper täglich aus dem Nahrungsangebot holt, wird über die Harnwege wieder ausgeschieden. Im Normalfall geht ein wenig aber auch mit dem Schweiß verloren, man schätzt 3 Prozent (der Rest von 2 Prozent erfolgt via Darm). In besonderen Situationen kann das aber ganz anders sein. Hitzearbeiter und Hochleistungssportler können zum Beispiel bis zu

30 Prozent der Kaliummenge ausschwitzen! Wenn sie sich nun nicht richtig ernähren, kommt es zu Erschöpfungszuständen, zu Krämpfen in der Beinmuskulatur, zu Kopfschmerzen, zu Blutdruckabfall und damit verbundenem Schwindel.

Einzige Voraussetzung für eine Mineralstoffbehandlung sind gesunde Nieren. Dialysepatienten, die regelmäßig ihr Blut über eine künstliche Niere filtrieren müssen, dürfen keine Mineraltabletten einnehmen: Diese würden sich im Blut anhäufen und Vergiftungserscheinungen hervorrufen.

VERBRAUCHER-TIP:
Leistungssportler und Hitzearbeiter, denen keine speziellen mineralstoffhaltigen Energiegetränke zur Verfügung stehen, können einem durch starkes Schwitzen hervorgerufenen Kaliummangel durch ein Quantum »Zusatznahrung« vorbeugen. Dazu eignen sich Trockenfrüchte, Studentenfutter (Nüsse und Trockenobst), Mineralwässer und Gemüsesäfte.

Tagesbedarf an Kalium = 2–3 Gramm

Menüvorschlag: Rote Bohnensuppe

Frühstück (520 kcal/2170 kJ):
Müsli aus einer Banane, drei Eßlöffel Haferflocken, einem Joghurt und drei Eßlöffel Honig.

Mittagessen (720 kcal/3010 kJ):
60 Gramm weiße Bohnen über Nacht einweichen. Einen Bund Suppengrün und zwei Kartoffeln klein schneiden; Bohnen gar kochen, mit Suppengrün und Kartoffeln weitergaren. Eine Zwiebel und ein Wiener Würstchen klein schneiden, in einem Teelöffel Margarine andünsten, eine kleine Dose Tomatenmark und einen halben Becher saure Sahne zugeben. Alles mit den Bohnen mischen und mit Hefeextrakt und Pfeffer würzen.

Abendessen (590 kcal/2480 kJ):
150 Gramm Tomaten mit einer Zwiebel in Essig-Öl-Marinade anrichten. Zwei Scheiben Vollkornbrot, zwei Teelöffel Butter, zwei Scheiben Fleischkäse (60 Gramm).

Dieser Tagesplan enthält ca. 2,5 Milligramm Kalium.
Gesamt: 1820 kcal/7660 kJ.

KALIUM-NÄHRWERT-TABELLE

Mittelwerte für 100 g pro eßbarem Anteil
µg = Mikrogramm, mg = Milligramm, g = Gramm

Zum Vergleich:	
Muttermilch	53,000 mg
MILCH UND MILCHPRODUKTE	
Vollmilch	157,000 mg
Magermilch	150,000 mg
Buttermilch	147,000 mg
Kondensmilch, 10 %	420,000 mg
Sahne, 30 %	112,000 mg
Joghurt, 3,5 %	157,000 mg
Joghurt, 0,3 %	187,000 mg
Gouda, 45 %	76,000 mg
Edamer, 45 %	67,000 mg
Brie, 50 %	152,000 mg
Camembert, 60 %	105,000 mg
Quark, 40 %	82,000 mg
Schmelzkäse, 45 %	65,000 mg
FETTE	
Butter	16,000 mg
Margarine	7,000 mg
EI	
Hühnerei	147,000 mg
FLEISCH	
Corned Beef	140,000 mg
Hammelfleisch	327,000 mg
Kalbfleisch	354,000 mg
Kasseler	324,000 mg
Rindfleisch	342,000 mg
Rinderleber	292,000 mg
Schweinefleisch	260,000 mg
Schweineleber	350,000 mg
Schweineschinken	248,000 mg
Ente	292,000 mg
Huhn	359,000 mg
Hühnerleber	218,000 mg
WURST	
Blutwurst	38,000 mg
Cervelatwurst	300,000 mg
deutsche Salami	302,000 mg
Knackwurst	195,000 mg
Leberwurst	143,000 mg
Weißwurst	122,000 mg
FISCH	
Aal, geräuchert	243,000 mg
Auster	bis 258,000 mg
Heilbutt	446,000 mg
Hering	360,000 mg
Karpfen	306,000 mg
Makrele	396,000 mg
Ölsardinen	397,000 mg
Rotbarsch	308,000 mg
Schellfisch	301,000 mg
REIS	
Reis, unpoliert	150,000 mg
Reis, poliert	103,000 mg
GETREIDE	
Haferflocken	335,000 mg
Weizenkleie	1,390 g

BROT	
Brötchen	110,000 mg
Knäckebrot	436,000 mg
Roggenbrot	169,000 mg
Vollkornbrot	270,000 mg
Weißbrot	132,000 mg
Zwieback	160,000 mg
TEIGWAREN	
Nudeln	164,000 mg
GEMÜSE	
Artischocke	353,000 mg
Blumenkohl	328,000 mg
Brunnenkresse	276,000 mg
Chinakohl	202,000 mg
Erbsen	304,000 mg
Feldsalat	421,000 mg
grüne Bohnen	248,000 mg
grüner Paprika	212,000 mg
Grünkohl	490,000 mg
Gurke	141,000 mg
Kartoffel	443,000 mg
Knollensellerie	321,000 mg
Kohlrabi	380,000 mg
Kopfsalat	224,000 mg
Linsen	0,810 g
Löwenzahnblätter	440,000 mg
Mais	300,000 mg
Möhren	290,000 mg
Petersiliengrün	1,000 g
Rettich	322,000 mg
Rhabarber	270,000 mg
Rosenkohl	411,000 mg
rote Bete	336,000 mg
Sauerkraut	288,000 mg
Schnittlauch	434,000 mg
Sojabohnen	1,740 g
Spargel	207,000 mg
Spinat	633,000 mg
Tomaten	297,000 mg
weiße Bohnen	1,310 g
Weißkohl	227,000 mg
Wirsing	282,000 mg
Zwiebel	175,000 mg
Champignons	422,000 mg
Pfifferlinge	507,000 mg
OBST	
Apfel	144,000 mg
Apfelsine	177,000 mg
Aprikose	278,000 mg
Banane	393,000 mg
Birne	126,000 mg
Brombeeren	189,000 mg
Erdbeeren	147,000 mg
Grapefruit	180,000 mg
Hagebutten	291,000 mg
Holunderbeeren	305,000 mg
Johannisbeeren, rot	238,000 mg
Johannisb., schwarz	310,000 mg
Kirsche, sauer	114,000 mg
Kirsche, süß	229,000 mg
Kiwi	295,000 mg
Pfirsich	205,000 mg
Pflaume	221,000 mg
Sanddornbeeren	133,000 mg
Weintrauben	192,000 mg
Zitrone	149,000 mg
GETRÄNKE	
Apfelsaft	116,000 mg
Möhrensaft	219,000 mg
Orangensaft, frisch	157,000 mg
Orangens., Hw.	172,000 mg
Tomatensaft	236,000 mg
Traubensaft	148,000 mg

Zitronensaft	138,000 mg
Cola-Getränke	1,000 mg
Rotwein	102,000 mg
Weißwein	82,000 mg
Vollbier, dunkel	50,000 mg
Vollbier, hell	38,000 mg
Weißbier	21,000 mg
Weinbrand	1,600 mg
Whisky	2,800 mg
Kaffee, geröstet	1,730 g
Tee, schwarz	1,790 g

DIVERSES

Ananas, in Dosen	75,000 mg
Blütenhonig	47,000 mg
Zucker	2,200 mg
Eiscreme	99,000 mg
Fruchteis	38,000 mg
Kakaopulver	1,920 g
Milchschokolade	471,000 mg
Rosinen	782,000 mg
Erdnüsse, geröstet	777,000 mg
Walnüsse	544,000 mg
Bäckerhefe	649,000 mg
Bierhefe	1,410 g
Kartoffelchips	1,000 g
Mayonnaise	18,000 mg
Tomatenketchup	800,000 mg

Magnesium

Ein Düngefehler ließ das Vieh verenden

DER FALL:

Einmal mehr lieferte die Veterinärmedizin ein Krankheitsbild, das sich durchaus mit gewissen Ausfallserscheinungen beim Menschen vergleichen läßt. Es handelte sich um die sogenannte Weide-Tetanie, die zeitweise in der Landwirtschaft katastrophale Formen annahm. Ganze Rinderherden siechten dahin und litten unter schweren Krampferscheinungen, an denen manches Stück Vieh verendete. Die Ursache der Weide-Tetanie erkannte man schließlich in magnesiumverarmten Böden. Erst nach Beseitigung des Düngefehlers wurde das Vieh wieder gesund.

Magnesium ist neben Kalium der wichtigste Mineralstoff für die vielfältigen Funktionen der Körperzellen. Getreideprodukte, vor allem aus Roggen- und aus Weizenmehl, aber auch Gemüse wie Erbsen und Sojabohnen sind besonders magnesiumhaltig. Mangelerscheinungen infolge einer durch Fehlernährung hervorgerufenen Unterversorgung wurden noch bis vor kurzer Zeit beim Menschen für unmöglich gehalten.

Der gleiche Grund, der beim Vieh zu Mangelerscheinungen führte, kann aber auch beim Menschen Magnesiummangelerscheinungen hervorrufen. Denn nicht selten wird eines der wichtigsten Grundnahrungsmittel, das Getreide, auf ebensolchen ausgelaugten Ackerböden angebaut.

Magnesium ist vor allem im Chlorophyllkern des Pflanzengrüns enthalten. Wer also dauernd Salat und grünes Blattgemüse verschmäht, darf sich nicht wundern, wenn er eines Tages krank wird. Aber auch durch kohlenhydratarme Ernährung kann es zu Magnesiummangel kommen. Überdies benötigt der Organismus bei stärkerer körperlicher Belastung mehr Magnesium als gewöhnlich. So ergab eine Untersuchung an der sportärztlichen Hauptversorgungsstelle Frankfurt, daß 78 Prozent der für diesen Test ausgewählten Sportler, und sogar 87 Prozent der Sportlerinnen, unter Magnesiummangel litten! Ein anderer Grund für rapiden Abbau dieses Mineralstoffs im Körper ist anhaltender Alkoholmißbrauch.

In der Herz-Kreislauf-Behandlung hat Magnesium in den letzten Jahren größte Bedeutung gewonnen. Inzwischen konnte nämlich nachgewiesen werden, daß Herzinfarktpatienten ganz besonders häufig einen zu niedrigen Magnesiumspiegel im Blut haben. Im Zuge der Mineralstofforschung wurden interessante Zusammenhänge aufgedeckt. So haben – statistisch gesehen – die höchste Infarktrate nicht etwa die hochindustrialisierten USA oder Berlin mit seiner überalterten Bevölkerung. Die Infarktrate ist in Schottland und in Irland, wo deutlich magnesiumarme Böden nachgewiesen wurden, weitaus größer.

Zu den möglichen Risikofaktoren für vorzeitige Gefäßverkalkung und damit auch für das Infarktgeschehen rechnet man einen erhöhten Blutfettspiegel (Cholesterin). Magnesiumgaben vermögen nicht nur den Cholesterinspiegel im Blut zu senken, sondern sorgen auch dafür, daß der lebenswichtige Sauerstoff von den Zellen besser verwertet werden kann. Insgesamt wirkt Magnesium entspannend. Deshalb lassen sich beispielsweise nervöse Herzrhythmusstörungen, die durch eine Überempfindlichkeit des Reizleitungssystems hervorgerufen werden, durch Magnesiumgaben günstig beeinflussen. Auch Schlafstörungen können auf Magnesiummangel zurückzuführen sein. Außerdem ist der Mineralstoff an der Blutgerinnung und an der Kalkverwertung beteiligt.

Der Stuttgarter Ernährungswissenschaftler Professor Dr. H. J. Holtmeier teilt das »Magnesium-Mangel-Syndrom« in vier Haupttypen ein:

I. Die Gehirn-Form (nervös, depressiv)

Die Patienten klagen über anfallsweises Auftreten von Kopfdruck, Schwindel, Verstimmung (Migräne), Konzentrationsschwäche, Benommenheit, inneres Zittern, Nervosität; gelegentlich treten nach Angstzuständen auch leichte Depressionen auf. Infolge der überhöhten Erregbarkeit im Blutgefäßsystem kann es zu Verkrampfungen mit Durchblutungsstörungen kommen, sogar kurzfristige Bewußtlosigkeit kann auftreten. Das Bild wird häufig mit dem einer Epilepsie verwechselt. Menschen erleiden während eines Spaziergangs in der Stadt plötzlich einen Bewußtlosigkeitsanfall, verletzen sich unter Umständen, werden in eine Nervenklinik eingeliefert, wo alle Untersuchungen erfolglos bleiben. An einigen Tagen berichten Kranke, daß sie sich völlig arbeitsunfähig fühlen (»Balken vor dem Kopf«), obwohl sie wissen, daß sie nicht krank sind. Sie werden dann mit modernen Psychopharmaka behandelt, die die Übererregbarkeit dämpfen, aber nicht die Ursache behandeln. Typisch ist das Kommen und Gehen der Beschwerden über Wochen und Monate. Gelegentlich bevölkern diese Patienten mehrere Nervenkliniken, ohne daß die Ärzte einen krankhaften Befund finden und als Notlösung von »vegetativer Dystonie« sprechen.

II. Die Magen-Darm-Form

Die Patienten berichten über gelegentliches Auftreten von Übelkeit und Erbrechen, Verkrampfungserscheinungen im Bereich der Speiseröhre. Vielfach treten Durchfälle auf, die kommen und gehen. Wird die neuromuskuläre Erregbarkeit sehr stark, so kann sogar eine dauerhafte Verkrampfung auftreten und der Durchfall kurzfristig in eine Verstopfung übergehen. Einige Patienten berichten über Neigung zu Verkrampfungen des Afterschließmuskels. Im Bereich des gesamten Magen-Darm-Traktes können solche Verkrampfungen auftreten, so daß zum Beispiel der Abfluß von Gallensaft beziehungsweise der Schließmuskel betroffen sind. Da Gallenblase und Bauchspeicheldrüse denselben Ausgang und denselben Schließmuskel haben, kann dies das Bild einer Bauchspeicheldrüsenentzündung vortäuschen. Da an das unbewußte Nervensystem auch die Nieren mit den ableitenden Harnwegen angeschlossen sind, kann es zu Verkrampfungen der ableitenden Harnwege kommen. Dies tritt besonders häufig in der Schwangerschaft auf – bei Frauen, die nie Nierensteine hatten, aber durch den Verbrauch von Magnesium bei Entstehung des Kindes plötzlich an einem Magnesiummangel leiden. Häufig wird bei jungen Frauen in der Schwangerschaft die Fehldiagnose des Verdachtes auf Nierensteine gestellt. In Wirklichkeit steckt dann ein Magnesiummangel dahinter.

III. Die Herz-Form

Magnesiummangel kann das Bild des Herzkranzgefäß-Krampfes vortäuschen. Besonders typisch ist das Auftreten von anfallsweisem Herzjagen und unangenehmen Herzrhythmusstörungen. Auffällig ist das häufige (noch unklare) Verbundensein mit niedrigem Blutdruck. In seiner Not sucht der Kranke Herzspezialisten auf, obwohl alle Untersuchungen zu keiner Klärung führen, wenn nicht an Magnesiummangel gedacht wird.

IV. Die Muskel-Form

Aufgrund ihrer besonderen Beschaffenheit reagiert die sogenannte glatte Muskulatur des Organismus (das ist diejenige, welche nicht auf willkürliche Nervenimpulse reagiert) ungleich empfindlicher als die »quergestreifte« Muskulatur, die - wie zum Beispiel der Bizepsmuskel - dem Willen unterworfen ist. Aus diesem Grund sind auch die muskulär-tetanischen Verkrampfungszeichen ungleich schwächer und oft nur angedeutet. Trotzdem werden sie fast immer wahrgenommen. Sie zeigen sich vor allem durch anfallsweises Auftreten von Wadenkrämpfen, Fußsohlenkrämpfen im Wechsel mit Hinterkopfschmerzen infolge von Krämpfen entlang der Wirbelsäule - im besonderen der Halswirbelsäule mit Nackenkrampf. Auch werden durch Durchblutungsstörungen infolge Magnesiummangel bedingte Krämpfe der Arterien mit Taubheitsgefühl in den Händen und Kribbeln beobachtet. Gelegentlich sind die Hände weißlich gefärbt - ein Zeichen der ausgeprägten Mangeldurchblutung.

Tagesbedarf an Magnesium = 200–350 Milligramm

Menüvorschlag: Seezunge mit Rote-Bete-Salat

Frühstück (350 kcal/1450 kJ):
Müsli aus 50 Gramm Weizenkeimen, einem geraffelten Apfel, zwei Eßlöffel Milch, einem Eßlöffel Honig und einem Eßlöffel gehackter Nüsse.

Mittagessen (920 kcal/3850 kJ):
Eine Seezunge (400 Gramm) säubern, säuern, salzen, in Sojamehl wenden und gar braten. Vier kleine Pellkartoffeln in Butter schwenken und mit gehackter Petersilie bestreuen. Dazu Rote-Bete-Salat.

Abendessen (680 kcal/2850 kJ):
Eine Omelette aus zwei Eiern, drei Eßlöffel Sojamehl, drei Eßlöffel Milch; mit 150 Gramm Garnelen belegen und mit Dill bestreuen.

Dieser Tagesplan enthält ca. 650 Milligramm Magnesium.
Gesamt: 1950 kcal/8150 kJ.

Magnesium-Nährwert-Tabelle

Mittelwerte für 100 g pro eßbarem Anteil
µg = Mikrogramm, mg = Milligramm, g = Gramm

Zum Vergleich:	
Muttermilch	3,800 mg
MILCH UND MILCHPRODUKTE	
Vollmilch	12,000 mg
Magermilch	14,000 mg
Buttermilch	16,000 mg
Kondensmilch, 10 %	35,000 mg
Sahne, 30 %	10,000 mg
Joghurt, 3,5 %	12,000 mg
Joghurt, 0,3 %	14,000 mg
Gouda, 45 %	28,000 mg
Camembert, 60 %	29,000 mg
Quark, 40 %	10,000 mg
FETTE	
Butter	3,000 mg
Margarine	1,000 mg
EI	
Hühnerei	12,000 mg
FLEISCH	
Corned Beef	15,000 mg
Kalbfleisch	16,000 mg
Rinderleber	17,100 mg
Schweineleber	21,000 mg
Schweineschinken	20,000 mg
Huhn	37,000 mg
Hühnerleber	13,000 mg
WURST	
Blutwurst	7,600 mg
Cervelatwurst	11,000 mg
FISCH	
Aal, geräuchert	18,000 mg
Forelle	27,000 mg
Heilbutt	28,000 mg
Hering	31,000 mg
Karpfen	bis 42,000 mg
Makrele	31,000 mg
Matjeshering	35,000 mg
Rotbarsch	29,000 mg
Schellfisch	24,000 mg
REIS	
Reis, unpoliert	157,000 mg
Reis, poliert	64,000 mg

GETREIDE	
Haferflocken	139,000 mg
Weizenkleie	590,000 mg

BROT	
Brötchen	30,000 mg
Knäckebrot	68,000 mg
Roggenbrot	35,000 mg
Vollkornbrot	92,000 mg
Weißbrot	24,000 mg
Zwieback	16,000 mg

TEIGWAREN	
Nudeln	67,000 mg

GEMÜSE	
Artischocke	26,000 mg
Blumenkohl	17,000 mg
Brunnenkresse	34,000 mg
Chinakohl	11,000 mg
Erbsen	33,000 mg
Feldsalat	13,000 mg
grüne Bohnen	25,000 mg
grüner Paprika	12,000 mg
Grünkohl	31,000 mg
Gurke	8,000 mg
Kartoffel	25,000 mg
Knollensellerie	9,300 mg
Kohlrabi	43,000 mg
Kopfsalat	11,000 mg
Linsen	77,000 mg
Löwenzahnblätter	36,000 mg
Mais	48,000 mg
Möhren	18,000 mg
Petersiliengrün	41,100 mg
Rettich	15,000 mg
Rhabarber	13,000 mg
Rosenkohl	22,000 mg
rote Bete	1,400 mg
Sauerkraut	bis 24,000 mg
Schnittlauch	44,000 mg
Sojabohnen	247,000 mg
Spargel	20,000 mg
Spinat	58,000 mg
Tomaten	20,000 mg
weiße Bohnen	132,000 mg
Weißkohl	23,000 mg
Wirsing	12,000 mg
Zwiebel	9,000 mg
Champignons	13,000 mg
Pfifferlinge	14,000 mg

OBST	
Apfel	6,400 mg
Apfelsine	14,000 mg
Aprikose	9,200 mg
Banane	36,000 mg
Birne	7,800 mg
Brombeeren	30,000 mg
Erdbeeren	15,000 mg
Grapefruit	10,000 mg
Hagebutten	104,000 mg
Johannisbeeren, rot	13,000 mg
Johannisb., schwarz	17,000 mg
Kirsche, sauer	8,000 mg
Kirsche, süß	11,000 mg
Kiwi	23,800 mg
Pfirsich	9,200 mg
Pflaume	10,000 mg
Sanddornbeeren	30,000 mg
Weintrauben	9,300 mg
Zitrone	28,000 mg

GETRÄNKE	
Apfelsaft	4,200 mg
Orangensaft, frisch	12,000 mg
Orangens., Hw.	12,000 mg

GETRÄNKE	
Tomatensaft	9,500 mg
Traubensaft	8,800 mg
Zitronensaft	10,000 mg
Cola-Getränke	1,000 mg
Rotwein	8,300 mg
Weißwein	10,000 mg
Vollbier, hell	7,000 mg
Whisky	0,250 mg
Kaffee, geröstet	201,000 mg
Tee, schwarz	184,000 mg

DIVERSES	
Ananas, in Dosen	8,000 mg
Blütenhonig	5,500 mg
Zucker	0,200 mg
Kakaopulver	414,000 mg
Milchschokolade	104,000 mg
Rosinen	15,000 mg
Erdnüsse, geröstet	182,000 mg
Walnüsse	129,000 mg
Kartoffelchips	64,000 mg
Mayonnaise	23,000 mg

Calcium

Baustoff für schöne Zähne und starke Knochen

DER FALL:
Wissenschaftler der Medizinischen Hochschule Lübeck haben vor einiger Zeit das Essen in verschiedenen Altenheimen unter die Lupe genommen. Dabei wurde festgestellt, daß ausgerechnet die tägliche Kost für die dort lebenden Senioren durchwegs zuwenig Calcium enthielt! Gerade für ältere Leute ist eine ausreichende Kalkzufuhr aber ungeheuer wichtig. Sonst kann es passieren, daß sie sich schon bei geringfügigen Stürzen schwere Knochenbrüche zuziehen, die dann im Alter wegen der verzögerten Kallusbildung nur sehr schlecht wieder verheilen.

Von einer Knochenentkalkung, der sogenannten Osteoporose, werden ältere Menschen, vor allem Frauen, häufig heimgesucht. Bei dem schleichenden Krankheitsgeschehen sind hormonelle Fehlsteuerungen mit im Spiel, die den Kalkstoffwechsel empfindlich stören. Langsam verliert das kalkreiche Knochengewebe seine Festigkeit – in schlimmen Fällen müssen die Patienten monate- und jahrelang im Gipsbett liegen.

Kalk ist also ein lebenswichtiger Mineralstoff für den Menschen. Der englische Wissenschaftler HUMPHREY DAVY gab ihm die chemische Bezeichnung Calcium. Im gesunden Organismus lagern von diesem Material immerhin 2 bis 3 Pfund – 99 Prozent davon in den Knochen! Aber eine winzige Menge Kalk muß auch ständig im Blut schwimmen. Sonst können sich lebensbedrohende Krämpfe (Wissenschaftler sind heute der Ansicht: Was Magnesium kann, kann auch Calcium – und umgekehrt) und Lähmungserscheinungen einstellen.

Vor solch gefährlichen Zuständen schützt sich der Organismus allerdings durch eine gleichzeitig raffinierte wie drastische Selbsthilfemaßnahme: Sinkt der Kalkspiegel im Blut ab, wird den Knochen Kalk entzogen, um damit das Blut wieder anzureichern. Das ist der Grund, warum man eine Knochenentkalkung so gut wie nie durch eine Blutanalyse aufdecken kann. Ein Erwachsener muß täglich etwa 800 Milligramm Kalk mit der Nahrung zu sich nehmen. Bekommt er nur 50 Milligramm pro Tag weniger, dann schrumpfen seine Kalkreserven im Skelettsystem im Laufe von rund vierzig Jahren auf die Hälfte!

Zu einem Kalkmangel kommt es vor allem durch Fehlernährung. Aber auch Tee und Kaffee können die Kalkaufnahme in den Körper verhindern. Außerdem gibt es Medikamente, zum Beispiel Cortison, die den Kalk aus dem Körper ausschwemmen.

Zum Glück enthält eine ausgewogene Mischkost genügend Calcium, um gesund zu bleiben. Aber leider wissen viele Menschen gar nicht, ob sie sich gesundheitsbewußt ernähren und wie sie es richtig machen sollen.

VERBRAUCHER-TIP:
Ein altes Hausmittel ist es, Eierschalen zu pulverisieren und jeweils eine Messerspitze davon unter die Mahlzeiten zu mischen.

Es ist unerläßlich, daß Calcium in Verbindung mit Phosphor in den Körper gelangt. Denn ohne Phosphor kann der Kalk beim Verdauungsprozeß nicht über die Darmwände in den Körper aufgenommen werden. Zum Glück ist auch Phosphor ausreichend in unseren Nahrungsmitteln enthalten.

VERBRAUCHER-TIP:
Ein Erwachsener kann bereits mit einem halben Liter Milch seinen gesamten Tagesbedarf an Calcium decken. Milch enthält neben Calcium aber auch Phosphor. Überdies ist die Milch fetthaltig. Und in Gemeinschaft mit Fett wird Kalk besonders leicht vom Körper aufgenommen (absorbiert). In der Tat nutzt es wenig, einfach Kalk zu schlucken. Der Körper kann gar nichts damit anfangen; die gewiß wohlgemeinte Gabe wird unverwertet wieder ausgeschieden.

Außer in Milcherzeugnissen, Beerenfrüchten, Eigelb und grünen Gemüsen findet sich Kalk reichlich in Kartoffeln – vor allem in den Randschichten des Knollengewächses.

VERBRAUCHER-TIP:
Beim Kartoffelschälen sollte die Hausfrau also darauf achten, daß sie nicht zuviel wegschneidet. Gesundheitsapostel essen Kartoffeln sogar mit der Schale – denn die Schale enthält die meisten unerläßlichen Mineralstoffe. Wer noch einen Stich Butter auf die ungeschälte Kartoffel streicht, ist gut beraten – Fett erleichtert wie gesagt die Kalkaufnahme in den Körper.

Man weiß auch, daß Vitamin D – es trägt nicht umsonst die Bezeichnung *Calc*iferol – günstig in die Kalkverwertung eingreift. Bei der gefürchteten Kinderkrankheit Rachitis kommt es ohne Calciferol nicht zu der notwendigen Verkalkung der Knochen, die zunächst als weiche Knorpel angelegt sind. Erst vor einigen Jahren konnte wissenschaftlich erwiesen werden, daß die ultravioletten Strahlen der Sonne notwendig sind, um das Vitamin D in der Haut aufzubauen. So kam man dahinter, warum gerade die Kinder in den dunklen, sonnenarmen Industriestädten besonders häufig an Rachitis erkrankten (siehe auch das Kapitel »Vitamin D« im ersten Teil des Buches).

Kalk wird aber nicht nur von den Knochen benötigt. Auch die Zähne bestehen zu rund 30 Prozent aus Calcium. Interessanterweise verläuft aber die Mineralisierung der Zähne selbst bei Kalkmangel nahezu ungestört, so daß der Zahnarzt nur in seltenen Fällen ein Calcium-Präparat verordnen wird.

Kalk ist überdies an der Blutgerinnung, an der Reizleitung im Nervensystem und an jeder Muskelbewegung beteiligt. In wie viele Stoffwechselprozesse Calcium eingreift, wird aus der Palette der Beschwerden ersichtlich, die bei Kalkmangel auftreten können: Nackensteife, Gähnkrämpfe, Migräne, Blutgerinnungsstörungen, Allergien, Haarausfall, Nägelbrechen, Muskelzucken, Durchblutungsstörungen und vieles mehr gehören neben der Osteoporose zu den Symptomen.

Kalkpräparate soll man aber nicht ohne den Rat des Arztes einnehmen. Immerhin kann ein Überangebot an Kalk auskristallisieren und Nierensteine hervorrufen. Kalk beeinflußt auch Digitalis, den herzwirksamen Stoff aus dem Roten Fingerhut. Wer Digitalis-Präparate einnimmt, kann sich vergiften, wenn er zuviel Kalk schluckt.

Calcium-Nährwert-Tabelle

Mittelwerte für 100 g pro eßbarem Anteil
µg = Mikrogramm, mg = Milligramm, g = Gramm

Zum Vergleich:

Muttermilch	31,000 mg
MILCH UND MILCHPRODUKTE	
Vollmilch	120,000 mg
Magermilch	123,000 mg
Buttermilch	109,000 mg
Kondensmilch, 10 %	315,000 mg
Sahne, 30 %	80,000 mg
Joghurt, 3,5 %	120,000 mg
Joghurt, 0,3 %	143,000 mg
Gouda, 45 %	820,000 mg
Edamer, 45 %	678,000 mg
Brie, 50 %	400,000 mg
Camembert, 60 %	400,000 mg
Quark, 40 %	95,000 mg
Schmelzkäse, 45 %	547,000 mg
FETTE	
Butter	13,000 mg
Margarine	10,000 mg
EI	
Hühnerei	56,000 mg
FLEISCH	
Corned Beef	14,000 mg
Hammelfleisch	10,000 mg
Kalbfleisch	14,000 mg
Kasseler	6,000 mg
Rindfleisch	11,000 mg
Rinderleber	7,000 mg
Schweinefleisch	9,000 mg
Schweineleber	10,000 mg
Schweineschinken	10,000 mg
Ente	11,000 mg
Huhn	12,000 mg
Hühnerleber	18,000 mg
WURST	
Blutwurst	6,500 mg
Cervelatwurst	24,000 mg
deutsche Salami	35,000 mg
Knackwurst	28,000 mg
Leberwurst	41,000 mg
Weißwurst	25,000 mg
FISCH	
Aal, geräuchert	19,000 mg
Auster	82,000 mg
Forelle	18,000 mg
Heilbutt	14,000 mg
Hering	34,000 mg
Karpfen	29,000 mg
Makrele	12,000 mg
Matjeshering	43,000 mg
Ölsardinen	330,000 mg
Rotbarsch	22,000 mg
Schellfisch	18,000 mg
Thunfisch	40,000 mg
REIS	
Reis, unpoliert	23,000 mg
Reis, poliert	6,000 mg

GETREIDE	
Haferflocken	54,000 mg
Weizenkleie	43,000 mg
BROT	
Brötchen	27,000 mg
Knäckebrot	55,000 mg
Roggenbrot	29,000 mg
Vollkornbrot	63,000 mg
Weißbrot	58,000 mg
Zwieback	42,000 mg
TEIGWAREN	
Nudeln	27,000 mg
GEMÜSE	
Artischocke	53,000 mg
Blumenkohl	20,000 mg
Brunnenkresse	180,000 mg
Chinakohl	40,000 mg
Erbsen	24,000 mg
Feldsalat	35,000 mg
grüne Bohnen	57,000 mg
grüner Paprika	11,200 mg
Grünkohl	212,000 mg
Gurke	15,000 mg
Kartoffel	9,500 mg
Knollensellerie	68,000 mg
Kohlrabi	68,000 mg
Kopfsalat	37,000 mg
Linsen	74,000 mg
Löwenzahnblätter	158,000 mg
Mais	5,800 mg
Möhren	41,000 mg
Petersiliengrün	245,000 mg
Rettich	33,000 mg
Rhabarber	52,000 mg
Rosenkohl	31,000 mg
rote Bete	29,000 mg
Sauerkraut	48,000 mg
Schnittlauch	129,000 mg
Sojabohnen	257,000 mg
Spargel	21,000 mg
Spinat	126,000 mg
Tomaten	14,000 mg
weiße Bohnen	106,000 mg
Weißkohl	46,000 mg
Wirsing	47,000 mg
Zwiebel	31,000 mg
Champignons	8,000 mg
Pfifferlinge	8,000 mg
OBST	
Apfel	7,100 mg
Apfelsine	42,000 mg
Aprikose	16,000 mg
Banane	8,700 mg
Birne	10,000 mg
Brombeeren	44,000 mg
Erdbeeren	26,000 mg
Grapefruit	18,000 mg
Hagebutten	257,000 mg
Holunderbeeren	35,000 mg
Johannisbeeren, rot	29,000 mg
Johannisb., schwarz	46,000 mg
Kirsche, sauer	bis 10,000 mg
Kirsche, süß	17,000 mg
Kiwi	38,000 mg
Pfirsich	7,800 mg
Pflaume	14,000 mg
Sanddornbeeren	42,000 mg
Weintrauben	18,000 mg
Zitrone	11,000 mg
GETRÄNKE	
Apfelsaft	6,900 mg

GETRÄNKE	
Orangensaft, frisch	11,000 mg
Orangens., Hw.	15,000 mg
Tomatensaft	15,000 mg
Traubensaft	13,000 mg
Zitronensaft	11,000 mg
Cola-Getränke	4,000 mg
Rotwein	7,000 mg
Weißwein	9,000 mg
Vollbier, dunkel	3,000 mg
Vollbier, hell	4,000 mg
Weißbier	1,000 mg
Whisky	1,500 mg
Kaffee, geröstet	146,000 mg
Tee, schwarz	302,000 mg

DIVERSES	
Ananas, in Dosen	13,000 mg
Blütenhonig	4,500 mg
Zucker	0,600 mg
Eiscreme	140,000 mg
Fruchteis	41,000 mg
Kakaopulver	114,000 mg
Milchschokolade	214,000 mg
Rosinen	31,000 mg
Erdnüsse, geröstet	65,000 mg
Walnüsse	87,000 mg
Bäckerhefe	28,000 mg
Bierhefe	bis 80,000 mg
Kartoffelchips	52,000 mg
Tomatenketchup	12,000 mg

Phosphor

Aggressionen durch Wiener Würstchen?

DER FALL:

Kaum ein anderer Mineralstoff hat in den letzten Jahren soviel Staub aufgewirbelt wie Phosphor beziehungsweise das phosphorsaure Salz Phosphat. Denn die Mainzer Apothekerin HERTHA HAFER *schien herausgefunden zu haben, daß Phosphat unsere Kinder krank, ja sogar aggressiv und kriminell macht. Die Phosphat-Story erregte bei Eltern, Kinderärzten, Psychologen und Ernährungswissenschaftlern großes Aufsehen – bewiesen ist sie aber bisher nicht.*

Der Hintergrund der Geschichte: Frau HAFERs Adoptivsohn Michael war von Kindesbeinen an ein »Zappelphilipp« und Störenfried, ein Psychologe würde sagen »schwer erziehbar und verhaltensgestört«. Seine Mutter ließ nichts unversucht, um dem Jungen zu helfen. Sie konsultierte mit Michael gut ein halbes Dutzend Fachärzte, die den miserablen Schüler mit allen möglichen Tabletten vollstopften. Ohne Erfolg. Der Zustand des Kindes änderte sich nicht.

Dann stieß die Apothekerin auf einen Artikel über die Feingold-Diät, eine besondere Ernährungsform für verhaltensgestörte Kinder, die der amerikanische Facharzt für Allergien DR. BEN F. FEINGOLD entwickelt hatte. Der inzwischen vierzehnjährige Michael bekam nun vor allem unverfälschte Gläschenkost, wie sie eigentlich für Babys gedacht ist. Und tatsächlich ließen seine Aggressionen nach.

Aber ein lieber und lernfreudiger Junge wurde er erst, nachdem auch Würstchen, Cola-Getränke und bestimmte Käsesorten von seinem Speisezettel gestrichen waren – alles Nahrungsmittel, die einen künstlichen Zusatz von Phosphat enthalten. Die phosphatfreie Diät fand Nachahmer. Und viele Mütter, die es der Mainzer Apothekerin gleichtaten, waren begeistert: Ihre ungeratenen Kinder schienen eine Wandlung durchzumachen, die niemand erwartet hatte.

Ihre Erfahrungen hat Frau HAFER in dem Buch »Nahrungsphosphat als Ursache für Verhaltensstörungen und Jugendkriminalität« niedergelegt. Die phosphatfreie Diät sieht im wesentlichen so aus: Verboten sind phosphathaltige Wurst- und Fleischwaren (Brühwürste, Fleischwurst, Fleischkäse, Bratwurst), Schmelzkäse, Medikamente, die Lecithin enthalten, koffeinhaltige Getränke (Cola); einzuschränken sind Eier, Nüsse, Mandeln, Erdnüsse, Schokolade, Vollkornprodukte, Milch, Quark und Käse.

Ernährungsforscher sind aber der Ansicht, daß eine solche einseitige Kost nicht länger als drei Wochen unbeschadet verordnet werden darf, da sie zu schweren Mangelerscheinungen führen kann. Das Bundesministerium für Jugend, Familie und Gesundheit hat inzwischen einen Forschungsauftrag vergeben, der klären soll, was eine phosphatfreie Diät für sich hat. Denn vor allem Heranwachsende benötigen Milch und Milchprodukte, die hervorragende Lieferanten von Phosphor und Calcium sind.

Diese beiden Mineralstoffe sind für den menschlichen Organismus überaus wichtig. Vor allem bauen sie nur in Kombination miteinander Zähne und Knochen auf – sei es die Wirbelkörper, die Oberarmknochen oder etwa die Fußgelenke. Jeder Knochen besteht aus ungefähr 50 Prozent Phosphorverbindungen und etwa 30 Prozent Calcium. Am Knochenaufbau ist noch zu einem ganz geringen Prozentsatz Magnesium beteiligt (0,6 Prozent), und der Rest setzt sich aus Gerüsteiweißfasern und anderen Mineralstoffen zusammen.

VERBRAUCHER-TIP:

Bei Kindern ist ganz besonders auf die »Knochenbausteine« zu achten: Sechs- bis Siebenjährige sollten täglich mindestens 700 Milligramm Calcium, 700 Milligramm Phosphor und 180 Milligramm Magnesium erhalten. Der überwiegende Teil der Mineralstoffaufnahme erfolgt durch Milch und Milchprodukte. Sie liefern beim Calcium 75 Prozent, beim Phosphor 45 Prozent und beim Magnesium immerhin 31 Prozent der erwünschten Tagesmenge.

Im Körper des Erwachsenen finden sich ungefähr 600 bis 700 Gramm Phosphor. Allein auf das Skelett entfallen davon rund 90 Prozent.

Auch bei Phosphormangel kann es zu einer schleichenden Knochenentkalkung kommen (denn ohne Phosphor kann Calcium ja nicht eingebaut werden).

Die Deutsche Gesellschaft für Ernährung hat den Tagesbedarf eines Erwachsenen mit 700 bis 800 Milligramm Phosphor und ebensoviel Calcium angegeben. Hochleistungssportler und Schwerstarbeiter benötigen unter Umständen die doppelte Menge!

Tierversuche haben ergeben, daß Phosphor ein lebenswichtiger Stoff ist. Ratten, die nur minimale Dosen Phosphor mit dem Futter bekamen, magerten ab und verendeten innerhalb kurzer Zeit. Die Skelette dieser Tiere waren weich und zerbrechlich.

Phosphate sind jedoch auch ins Gerede gekommen, weil sie laut Gesetz als Zusatzstoffe für Lebensmittel zugelassen sind. Allerdings muß dann auf dem jeweiligen Nahrungsmittel ein entsprechender Hinweis stehen.

Phosphat wird vor allem bei der Wurstverarbeitung verwendet, denn der Mineralstoff hat die Eigenschaft, Wasser zu binden. Mit Hilfe von Phosphat können Wurstfabriken ihren Produkten jede Menge Wasser beigeben, ohne daß der Verbraucher es bemerkt. Wenn man so will, macht Phosphat Wasser schnittfest.

Umweltschutz: Nicht zuviel Phosphat ins Wasser!

Es gibt kaum eine Hausfrau, die sich beim Wäschewaschen Gedanken über ihr Trinkwasser macht. Die Zusammenhänge sind auch nicht so leicht zu durchschauen. Aber Waschmittel enthalten beispielsweise Phosphat, einen Stoff, der nicht nur ein lebenswichtiges Mineral, sondern auch ein gutes Düngemittel ist. Die meisten Hausfrauen geizen nicht mit den kraftvollen Reinmachern. So gelangt ein Übermaß an Phosphat in die Waschmaschinen. Mit dem Abwasser fließt es dann in Seen und Talsperren. Dort beginnen die Pflanzen unnatürlich zu wuchern, wodurch der Sauerstoffhaushalt im Wasser empfindlich gestört wird. Soll das Wasser als Trinkwasser dienen, muß es durch kostspielige Verfahren wieder aufbereitet werden.

Nach der Trinkwasserverordnung von 1976 hat der Gesetzgeber deshalb auch den Waschmittelherstellern Auflagen gemacht. *Wieviel Waschpulver für verschiedene Waschvorgänge benötigt wird, hängt vom*

Härtegrad des Leitungswassers ab. Auf jeder Waschmittelpackung befinden sich entsprechende Angaben. Wie hart das Wasser in verschiedenen deutschen Gegenden ist, verrät schon der Seifenschaum. Wo sich viel Schaum bildet, ist das Wasser weich (eine genaue Auskunft über den Härtegrad erteilt aber jedes Wasserwerk). Ausschlaggebend für die Wasserhärte ist die Beschaffenheit des Bodens, aus dem das Wasser stammt. Je nach Lage wird es mit Mineralsalzen angereichert, zum Beispiel mit Calcium oder Magnesium. Der Härtegrad - eingeteilt in vier Stufen - richtet sich nach dem Gehalt an Calciumoxid. Mediziner haben in den letzten Jahren herausgefunden, daß Herz-Kreislauf-Erkrankungen in Gegenden mit weichem Wasser weitaus häufiger verbreitet sind.

VERBRAUCHER-TIP:
Wo weiches Wasser aus der Leitung kommt, sollte man täglich ein Glas Milch trinken. Dadurch wird der gesamte Bedarf an wichtigen Mineralstoffen und Spurenelementen gedeckt.

Tagesbedarf an Phosphor = 700-800 Milligramm

Menüvorschlag: Nudelauflauf

Frühstück (380 kcal/1700 kJ):
Müsli aus drei Eßlöffel Weizenkeimen, drei Eßlöffel Milch, einem Eßlöffel Haselnüsse und einem Eßlöffel Honig.

Mittagessen (930 kcal/3800 kJ):
Nudeln (60 Gramm) gar kochen. Eine Scheibe gekochten Schinken (100 Gramm), eine Zwiebel und 200 Gramm Champignons würfeln und zehn Minuten in Butter bräunen. Mit den Nudeln vermischen und in eine gefettete Auflaufform geben. Ein Ei verquirlen, mit 100 Gramm Parmesankäse vermischen und über die Nudeln gießen. Im heißen Ofen überbacken und mit Tomatenketchup servieren.

Abendessen (800 kcal/3350 kJ):
Zwei Scheiben Vollkornbrot, 30 Gramm Schmelzkäse, eine Scheibe Emmentaler (45 %), zwei Teelöffel Butter, eine Dose Ölsardinen.

Dieser Tagesplan enthält ca. 3,3 Gramm Phosphor.
Gesamt: 2100 kcal/8790 kJ.

Beispiel für die phosphatarme Feingold-Diät:

Menüvorschlag: Schinkenwickel

Frühstück (340 kcal/1420 kJ):
Eine halbe Grapefruit, drei Scheiben Knäckebrot, zwei Teelöffel Butter, zwei Teelöffel Honig, ein weichgekochtes Ei.

Mittagessen (520 kcal/2170 kJ):
Zwei kleine Stangen Porree (200 Gramm) waschen, putzen und in wenig Wasser garen. Mehlschwitze aus einem Eßlöffel Mehl und einem Teelöffel Butter rühren und mit Porreebrühe aufgießen. Sauce mit Zitrone und Hefeextrakt abschmecken. Porree in eine Scheibe rohen Schinken einwickeln, mit der Sauce übergießen und mit zwei Kartoffeln servieren.

Abendessen (540 kcal/2260 kJ):
Drei Scheiben Knäckebrot, 100 Gramm Hühnerbrust, zwei Teelöffel Butter, eine Scheibe Vollfettkäse, Endiviensalat (200 Gramm) in Joghurt-Zitronen-Marinade.

Dieser Tagesplan enthält ca. 800 Milligramm Phosphor.
Gesamt: 1400 kcal/5860 kJ.

Phosphor-Nährwert-Tabelle

Mittelwerte für 100 g pro eßbarem Anteil
µg = Mikrogramm, mg = Milligramm, g = Gramm

Zum Vergleich:

Muttermilch	15,000 mg
MILCH UND MILCHPRODUKTE	
Vollmilch	92,000 mg
Magermilch	97,000 mg
Buttermilch	90,000 mg
Kondensmilch, 10 %	246,000 mg
Sahne, 30 %	63,000 mg
Joghurt, 3,5 %	92,000 mg
Joghurt, 0,3 %	109,000 mg
Gouda, 45 %	443,000 mg
Edamer, 45 %	403,000 mg
Brie, 50 %	188,000 mg
Camembert, 60 %	310,000 mg
Quark, 40 %	187,000 mg
Schmelzkäse, 45 %	944,000 mg
FETTE	
Butter	21,000 mg
Margarine	10,000 mg

EI	
Hühnerei	216,000 mg

FLEISCH	
Corned Beef	150,000 mg
Hammelfleisch	191,000 mg
Kalbfleisch	214,000 mg
Kasseler	160,000 mg
Rindfleisch	170,000 mg
Rinderleber	358,000 mg
Schweinefleisch	176,000 mg
Schweineleber	362,000 mg
Schweineschinken	207,000 mg
Ente	187,000 mg
Huhn	200,000 mg
Hühnerleber	240,000 mg

WURST	
Blutwurst	22,000 mg
Bratwurst	190,000 mg
Cervelatwurst	155,000 mg
deutsche Salami	167,000 mg
Knackwurst	144,000 mg
Leberwurst	154,000 mg

FISCH	
Aal, geräuchert	250,000 mg
Auster	157,000 mg
Forelle	242,000 mg
Heilbutt	202,000 mg
Hering	250,000 mg
Karpfen	216,000 mg
Makrele	244,000 mg
Matjeshering	200,000 mg
Ölsardinen	430,000 mg
Rotbarsch	201,000 mg
Schellfisch	176,000 mg
Thunfisch	200,000 mg

REIS	
Reis, unpoliert	325,000 mg
Reis, poliert	120,000 mg

GETREIDE	
Haferflocken	391,000 mg
Weizenkleie	1,240 g

BROT	
Brötchen	102,000 mg
Knäckebrot	bis 400,000 mg
Roggenbrot	140,000 mg
Vollkornbrot	265,000 mg
Weißbrot	89,000 mg
Zwieback	120,000 mg

TEIGWAREN	
Nudeln	191,000 mg

GEMÜSE	
Artischocke	130,000 mg
Blumenkohl	54,000 mg
Brunnenkresse	63,600 mg
Chinakohl	bis 41,000 mg
Erbsen	108,000 mg
Feldsalat	49,000 mg
grüne Bohnen	37,800 mg
grüner Paprika	29,000 mg
Grünkohl	87,000 mg
Gurke	23,000 mg
Kartoffel	50,000 mg
Knollensellerie	80,000 mg
Kohlrabi	49,700 mg
Kopfsalat	33,000 mg
Linsen	412,000 mg
Löwenzahnblätter	70,000 mg
Mais	114,000 mg
Möhren	35,000 mg

Petersiliengrün	128,000 mg
Petersilienwurzel	56,600 mg
Rettich	29,000 mg
Rhabarber	24,000 mg
Rosenkohl	83,600 mg
rote Bete	45,000 mg
Sauerkraut	43,000 mg
Schnittlauch	75,000 mg
Sojabohnen	591,000 mg
Spargel	46,000 mg
Spinat	55,000 mg
Tomaten	26,000 mg
weiße Bohnen	429,000 mg
Weißkohl	27,500 mg
Wirsing	55,600 mg
Zwiebel	42,000 mg
Champignons	123,000 mg
Pfifferlinge	44,200 mg

OBST

Apfel	12,000 mg
Apfelsine	23,000 mg
Aprikose	21,000 mg
Banane	28,000 mg
Birne	15,000 mg
Brombeeren	30,000 mg
Erdbeeren	29,000 mg
Grapefruit	17,000 mg
Hagebutten	258,000 mg
Holunderbeeren	57,000 mg
Johannisbeeren, rot	27,000 mg
Johannisb., schwarz	40,000 mg
Kirsche, sauer	7,000 mg
Kirsche, süß	20,000 mg
Kiwi	30,500 mg
Pfirsich	23,000 mg
Pflaume	18,000 mg
Sanddornbeeren	8,600 mg
Weintrauben	20,000 mg
Zitrone	16,000 mg

GETRÄNKE

Apfelsaft	7,000 mg
Orangensaft, frisch	15,000 mg
Orangens., Hw.	16,000 mg
Tomatensaft	16,000 mg
Traubensaft	12,000 mg
Zitronensaft	11,000 mg
Cola Getränke	14,700 mg
Rotwein	10,000 mg
Weißwein	15,000 mg
Vollbier, dunkel	25,000 mg
Vollbier, hell	28,000 mg
Weißbier	13,000 mg
Kaffee, geröstet	192,000 mg
Tee, schwarz	314,000 mg

DIVERSES

Ananas, in Dosen	7,000 mg
Aprikosenkonfitüre	11,000 mg
Erdbeerkonfitüre	18,000 mg
Himbeerkonfitüre	16,000 mg
Blütenhonig	18,000 mg
Zucker	0,300 mg
Eiscreme	117,000 mg
Fruchteis	26,000 mg
Kakaopulver	656,000 mg
Milchschokolade	242,000 mg
Rosinen	110,000 mg
Erdnüsse, geröstet	409,000 mg
Walnüsse	409,000 mg
Bäckerhefe	605,000 mg
Bierhefe	1,900 mg
Kartoffelchips	147,000 mg
Mayonnaise	60,000 mg
Tomatenketchup	18,000 mg

Spurenelemente

Spurenelemente sind den wenigsten bekannt

Spurenelemente sind biologisch lebensnotwendige Elemente, die in Konzentrationen unter 0,01 Prozent im Körper vorhanden sind und auch mit der Nahrung aufgenommen werden. Vierzehn essentielle Spurenelemente hat die Wissenschaft entdeckt. Es handelt sich dabei um Silizium, Vanadium, Chrom, Molybdän, Mangan, Eisen, Kobalt, Nickel, Kupfer, Zink, Selen, Zinn, Jod und Fluor. Sie sind ebenso wichtig wie die Grundnahrungsstoffe Eiweiß, Fett, Kohlenhydrate, wie Vitamine und Mineralstoffe. Bei einer unausgewogenen Ernährung kommt es durch den Entzug von Spurenelementen zu Mangelerscheinungen, die im Rahmen gezielter diätetischer Maßnahmen durch entsprechende Nahrungszufuhr wieder ausgeglichen werden können. Nachfolgend soll über die wichtigsten lebensnotwendigen Spurenelemente berichtet werden. Überdies wird über die giftigen Spurenelemente Cadmium, Quecksilber, Blei, Nitrat und Nitrit informiert.

Eisen

Jede zweite Frau braucht Eisen

DER FALL:

Im Auftrag der Bundesregierung hat die Deutsche Gesellschaft für Ernährung ermittelt, daß deutsche Frauen im Durchschnitt 11,7 Prozent zuwenig Eisen zu sich nehmen! Bei den Dreizehn- bis Vierzehnjährigen beträgt das Eisendefizit sogar rund 30 Prozent! Bei Kindern fällt Eisenmangel häufig durch Konzentrationsschwierigkeiten, Schulmüdigkeit, Leistungsschwäche, Appetitlosigkeit und Unlust auf.

Spurenelementemängel werden im allgemeinen immer noch wenig beachtet und als »höchst selten« abgetan. Nicht so der Eisenmangel. Die Weltgesundheitsbehörde hat festgestellt, daß Eisenmangel die häufigste Mangelerkrankung der Welt ist. Und die Hersteller von blutbildenden Mitteln – Eisen steht da an erster Stelle – haben in den letzten Jahren dafür gesorgt, daß die lästigen Begleiterscheinungen hinlänglich bekannt wurden.

Abgeschlagenheit und Mattigkeit, anhaltende Kopfschmerzen und Schwindel, vor allem aber brüchige Fingernägel und Einrisse in den Mundwinkeln deuten fast immer auf einen Eisenmangel hin. Zugrunde liegt meist auch eine Verminderung der roten Blutkörperchen und damit Sauerstoffmangel im Organismus.

Die Zusammenhänge sind nicht so leicht zu durchschauen. Der lebensnotwendige Sauerstoff sammelt sich zwar bei jedem Atemzug in der Lunge. Dort muß er aber von den rund 25 Billionen roten Blutkörperchen abgeholt und sozusagen im Huckepack-Verkehr durch den Blutkreislauf an alle Körperzellen herangetragen werden. Sauerstoff kann von den roten Blutkörperchen jedoch nur dann aufgenommen werden, wenn sie genügend Eisen enthalten. Und dieses Eisen ist neben Eiweißkörpern ein Bestandteil des roten Blutfarbstoffs, medizinisch Hämoglobin genannt.

Wenn der Mensch auf irgendeine Weise Blut verliert, verliert er auch Eisen. Das ist der Grund, warum vor allem Frauen so häufig unter Eisenmangel leiden. Denn Regelblutungen, aber auch Schwangerschaft und Geburt führen immer zu Blutverlusten. Eine Geburt kostet die Mutter beispielsweise 1000 Milligramm Eisen! Hinzu kommen oft die unvernünftigsten Schlankheitskuren, bei denen dem Körper wichtige blutbildende Stoffe vorenthalten werden. Bei Verdacht auf eine Eisenmangelanämie wird der Arzt ein Blutbild machen lassen, denn aus dem Blutserum läßt sich der Eisenwert exakt bestimmen. Wenn dem Körper Eisen fehlt, kann man dieses Spurenelement in Form von Tabletten einnehmen.

Normalerweise läßt sich der Eisenbedarf durch eine vernünftige Ernährung decken. Tierische Leber – besonders eisenhaltig – galt früher als ein echtes Heilmittel. Durch die starke Umweltbelastung enthält sie allerdings inzwischen sehr viele Schadstoffe. Deshalb rät man heute dazu, Leber nur noch alle zwei Wochen einmal auf den Speiseplan zu setzen. Unsere Großmütter empfahlen auch, bei Eisenmangel möglichst viel Spinat zu essen. Dieses Gemüse ist gewiß reich an Eisen. Aber inzwischen weiß man, daß Eisen im Spinat an Oxalsäure gebunden ist, weshalb es vom Körper nicht verwertet werden kann. Nahrungsmittel, die von Nutzen sein können, sind Rindfleisch, Kalbsschnitzel, Vollkornbrot, Kohl, Aprikosen, Nüsse, Rosinen und so kostspielige Genüsse wie Austern und Kaviar. Interessant ist die Tatsache, daß sich die Eisenaufnahme durch den oberen Teil des Dünndarms erhöht, wenn gleichzeitig Vitamin C eingenommen wird. Bei der Einnahme von Eisenpräparaten färbt sich der Stuhl schwarz. Dies zeigt am besten, daß ein großer Teil des Eisenangebotes aus der Nahrung über den Darm wieder ausgeschieden wird. Vom gesamten Eisen, das mit der Nahrung aufgenommen wird, werden nur 10 Prozent verwertet!

Der Eisenbedarf eines Erwachsenen liegt bei etwa 20 Milligramm pro Tag. Und soviel enthält auch eine gesunde Mischkost. Da aber nur ein Teil des Eisens von den Darmwänden aufgenommen wird, kommt es sehr häufig zu Unterversorgung. Das führt dazu, daß – statistisch gesehen – tatsächlich jede zweite Frau unter Eisenmangel leidet.

VERBRAUCHER-TIP:
Manche Patienten, denen der Arzt gegen Eisenmangel ein Medikament verschrieben hat, werden nur deshalb nicht gesund, weil sie die Tabletten zusammen mit Tee, Kaffee oder Rotwein einnehmen. Diese Getränke enthalten Gerbsäure, die mit dem Eisen eine schwerlösliche Verbindung eingehen, so daß das Spurenelement nicht in genügender Menge vom Körper verwertet werden kann. Aus diesem Grund ist auch die beste eisenhaltige Gemüsemahlzeit nicht viel wert, wenn man Tee dazu trinkt.

Von der amerikanischen Gesundheitsbehörde wurde sogar erwogen, Eisensalz unter das Mehl zu mischen. Auf diese Weise könnte man den Eisengehalt des Brotes von 10 Milligramm pro Pfund auf 25 Milligramm erhöhen. Dieses Vorhaben scheiterte bisher an technologischen Schwierigkeiten.

VERBRAUCHER-TIP:
Jede einseitige Abmagerungskur ist vom gesundheitlichen Standpunkt aus abzulehnen. Manche Wissenschaftler sind sogar der Ansicht, daß bereits eine Diät, bei der nicht mehr als 1500 Kalorien gegessen werden, auf die Dauer einen Mineralstoff- oder Vitaminmangel herbeiführen kann. Speziell zu Eisenmangel kann es aber dann kommen, wenn während einer Schlankheitskur sättigende Füllstoffe gegessen werden, die sogenannte Alginate enthalten. Diese kann der Körper zwar nicht verdauen, aber sie hemmen die Eisenaufnahme aus anderen Nahrungsmitteln.

Höhenluft kuriert Blutarmut

Obwohl es kein absolut sicheres Anzeichen ist, sieht man vielen Menschen an der blassen Gesichtsfarbe an, daß sie blutarm sind. Bei weiteren Hinweisen wie Kreislaufbeschwerden, schneller Puls, Schwindel und Kopfschmerzen wird der Arzt jedenfalls eine Blutuntersuchung veranlassen, um die Diagnose Blutarmut zu erhärten.

Bei der einfachen Blutarmut, medizinisch spricht man von Anämie, ist in der Regel die Gesamtblutmenge des Patienten normal. Vermindert ist hingegen die Anzahl der roten Blutkörperchen. Im Mittelpunkt jeder natürlichen Behandlung steht die Ernährungsregelung. Unzweifelhaft ist aber ein längerer Aufenthalt in frischer Höhenluft geeignet, die Blutarmut zu kurieren. Der Internist Dr. Fred Auer, Sankt Moritz (Schweiz): »Es war eine der ersten Erkenntnisse der Höhenmedizin, daß die dünne Luft im Hochgebirge eine Reizwirkung auf das Knochenmark ausübt – und dort werden die roten Blutzellen gebildet. Schon nach zehn- bis vierzehntägigem Aufenthalt in der Höhenluft kann man unter dem Mikroskop feststellen, daß sich die Anzahl der roten Blutkörperchen des Patienten vermehrt hat.«

Warum das so ist, ist leicht zu erklären. Da die Luft in höheren Lagen weniger Sauerstoff enthält, hilft sich der Organismus auf raffinierte Weise: Er bildet mehr rote Blutkörperchen, die entsprechend mehr Sauerstoff durch den Kreislauf schleusen können.

Tagesbedarf an Eisen = 20 Milligramm

Menüvorschlag: Gefüllte Schweineleber

Frühstück (510 kcal/2130 kJ):
Zwei Scheiben Grahambrot, zwei Teelöffel Butter, zwei Scheiben Gouda, ein weichgekochtes Ei.

Mittagessen (940 kcal/3930 kJ):
Eine Scheibe Leber (150 Gramm) aufschneiden, mit einer Scheibe gekochtem Schinken und einer Scheibe Käse füllen und zustecken. In Sojamehl wenden und in heißem Fett gar braten. Bratfond mit zwei Eßlöffel Kondensmilch und zwei Eßlöffel Créme fraiche ablöschen und mit Hefeextrakt würzen. Dazu Kartoffelpüree und Feldsalat (100 Gramm) in Zitrone-Joghurt-Marinade.

Abendessen (530 kcal/2220 kJ):
Zwei Scheiben Vollkornbrot, zwei Teelöffel Butter, zwei Scheiben Corned Beef, eine Scheibe Gouda, eine Portion Kopfsalat in Joghurt-Zitronen-Marinade.

Dieser Tagesplan enthält ca. 58,6 Milligramm Eisen.
Gesamt: 1980 kcal/8290 kJ.

Eisen-Nährwert-Tabelle

Mittelwerte für 100 g pro eßbarem Anteil
μg = Mikrogramm, mg = Milligramm, g = Gramm

Zum Vergleich:	
Muttermilch	0,080 mg
MILCH UND MILCHPRODUKTE	
Vollmilch	0,046 mg
Magermilch	bis 0,250 mg
Buttermilch	0,100 mg
Kondensmilch, 10 %	0,120 mg
Sahne, 30 %	0,030 mg
Joghurt, 3,5 %	0,046 mg
Joghurt, 0,3 %	0,055 mg
Gouda, 45 %	0,500 mg
Edamer, 45 %	0,620 mg
Brie, 50 %	0,500 mg
Camembert, 60 %	0,580 mg
Quark, 40 %	0,340 mg
Schmelzkäse, 45 %	1,000 mg
FETTE	
Butter	0,200 mg
Margarine	40,000 μg
EI	
Hühnerei	2,100 mg
FLEISCH	
Corned Beef	4,100 mg
Hammelfleisch	2,400 mg
Kalbfleisch	2,300 mg
Kasseler	2,500 mg
Rindfleisch	2,600 mg
Rinderleber	7,100 mg
Schweinefleisch	2,300 mg
Schweineleber	22,100 mg
Schweineschinken	2,250 mg
Ente	2,100 mg
Huhn	1,800 mg
Hühnerleber	7,400 mg
WURST	
Blutwurst	6,400 mg
Cervelatwurst	1,700 mg
Leberwurst	5,300 mg
FISCH	
Aal, geräuchert	0,670 mg
Auster	5,800 mg
Forelle	1,000 mg
Heilbutt	0,550 mg
Hering	1,100 mg
Karpfen	1,100 mg
Makrele	1,000 mg
Matjeshering	1,300 mg
Ölsardinen	2,700 mg
Rotbarsch	0,690 mg
Schellfisch	0,610 mg
Thunfisch	1,000 mg
REIS	
Reis, unpoliert	2,600 mg
Reis, poliert	0,600 mg
GETREIDE	
Haferflocken	4,600 mg
Weizenkleie	3,580 mg

BROT	
Brötchen	1,200 mg
Knäckebrot	4,700 mg
Roggenbrot	2,500 mg
Vollkornbrot	2,000 mg
Weißbrot	0,950 mg
Zwieback	1,500 mg

TEIGWAREN	
Nudeln	1,600 mg

GEMÜSE	
Artischocke	1,500 mg
Blumenkohl	0,630 mg
Brunnenkresse	3,140 mg
Chinakohl	0,600 mg
Erbsen	1,840 mg
Feldsalat	2,000 mg
grüne Bohnen	0,830 mg
grüner Paprika	0,750 mg
Grünkohl	1,900 mg
Gurke	0,500 mg
Kartoffel	0,800 mg
Knollensellerie	0,530 mg
Kohlrabi	0,900 mg
Kopfsalat	1,100 mg
Linsen	6,900 mg
Löwenzahnblätter	3,100 mg
Mais	0,550 mg
Möhren	0,660 mg
Petersiliengrün	8,000 mg
Rettich	0,800 mg
Rhabarber	0,530 mg
Rosenkohl	1,100 mg
rote Bete	0,930 mg
Sauerkraut	0,600 mg
Schnittlauch	1,900 mg
Sojabohnen	8,590 mg
Spargel	1,000 mg
Spinat	4,100 mg
Tomaten	0,500 mg
weiße Bohnen	6,100 mg
Weißkohl	0,500 mg
Wirsing	0,900 mg
Zwiebel	0,500 mg
Champignons	1,260 mg
Pfifferlinge	6,500 mg

OBST	
Apfel	0,480 mg
Apfelsine	0,400 mg
Aprikose	0,650 mg
Banane	0,550 mg
Birne	0,260 mg
Brombeeren	0,900 mg
Erdbeeren	0,960 mg
Grapefruit	0,340 mg
Johannisbeeren, rot	0,910 mg
Johannisb., schwarz	1,290 mg
Kirsche, sauer	0,600 mg
Kirsche, süß	0,350 mg
Kiwi	0,800 mg
Pfirsich	0,480 mg
Pflaume	0,440 mg
Sanddornbeeren	0,440 mg
Weintrauben	0,510 mg
Zitrone	0,450 mg

GETRÄNKE	
Apfelsaft	0,260 mg
Orangensaft, frisch	0,200 mg
Orangens., Handelsw.	0,270 mg
Tomatensaft	0,560 mg
Traubensaft	0,430 mg
Zitronensaft	0,140 mg

GETRÄNKE	
Rotwein	0,850 mg
Weißwein	0,600 mg
Vollbier, hell	0,010 mg
Kaffee, geröstet	16,800 mg
Tee, schwarz	17,200 mg

DIVERSES	
Ananas, in Dosen	0,300 mg
Blütenhonig	1,300 mg
Zucker	0,290 mg
Eiscreme	0,140 mg
Fruchteis	0,400 mg
Kakaopulver	12,500 mg
Milchschokolade	3,100 mg
Rosinen	0,300 mg
Erdnüsse, geröstet	2,320 mg
Walnüsse	2,500 mg
Bäckerhefe	4,900 mg
Bierhefe	17,600 mg
Kartoffelchips	2,300 mg
Mayonnaise	1,000 mg
Tomatenketchup	0,800 mg

Kobalt

Drei millionstel Gramm halten gesund

DER FALL:
Die vierundfünfzigjährige Sekretärin Margot Schiefer leidet seit ihrer Jugend an der sogenannten perniciösen Anämie, der bösartigen Blutarmut. Unbehandelt führt diese Krankheit zu schweren Magen- und Darmstörungen mit Erbrechen, Lähmungen und unerträglichen Nervenschmerzen. Früher galt die bösartige Blutarmut als unheilbar – und deshalb bekam sie auch ihren Namen. Heute hat sie ihren Schrecken verloren. Die Patientin Margot Schiefer bekommt in regelmäßigen Abständen Spritzen mit Vitamin B_{12} – und bleibt dadurch beschwerdefrei. Vitamin B_{12} wird vom Körper benötigt, damit die roten Blutkörperchen reifen können. Das lebenswichtige Vitamin kann aber nur gebildet werden, wenn die tägliche Nahrung auch Kobalt enthält.

Die Gesundheit eines Menschen hängt sehr oft von der Beschaffenheit seines Blutes, insbesondere von der Zahl der roten Blutkörperchen ab. Ist sie zu niedrig, spricht der Arzt von Blutarmut (siehe auch Kapitel »Eisen«). Für solch eine Störung des Blutbildes gibt es verschiedene Ursachen. Denn zur Bildung der roten Blutkörperchen benötigt der Organismus eine Anzahl unerläßlicher Stoffe. Dazu gehören vor allem Vitamine und Mineralien.

Diese lebenswichtigen Bausteine werden dem Körper mit der Nahrung zugeführt und von den Darmwänden aufgenommen. Deshalb können sowohl eine Fehlernährung als auch eine gestörte Darmtätigkeit zur bösartigen Blutarmut führen. Eine Spritzenbehandlung ist dann unerläßlich; aber zusätzlich ist auch die Einnahme von Mineraltabletten zu empfehlen. Das darin enthaltene Spurenelement Kobalt ist in diesem Fall von besonderer Bedeutung. Kobalt ist nämlich zur Bildung von Vitamin B_{12} unbedingt erforderlich. Vitamin B_{12} wird auch *Cobal*amin genannt – denn es besitzt einen *Kobalt*kern. Ohne Kobalt also kein Vitamin B_{12}!

Doch man muß noch mehr wissen, um die Zusammenhänge zu verstehen, die zu einer Vitamin-B_{12}-Mangelkrankheit führen können. Vitamin B_{12} wird nämlich mit Hilfe des Spurenelementes Kobalt von den Darmbakterien hergestellt. Dabei handelt es sich keineswegs um Krankheitserreger, für welche diese einzelligen Kleinstlebewesen gemeinhin gehalten werden. Sie sind ganz im Gegenteil gutartiger Natur und bilden eine dauernde Lebensgemeinschaft mit Mensch und Tier. Ohne Verniedlichung darf man sie als die »Heinzelmännchen« unseres Stoffwechsels bezeichnen.

Wenn mit der Nahrung Kobaltspuren zur Verfügung gestellt werden, produzieren die sogenannten Milchsäurebakterien im Darm fleißig Vitamin B_{12}. Deshalb müssen wir auch dafür sorgen, daß diese Heinzelmännchen nicht durch falsche Lebensweise vertrieben werden.

»Der Tod sitzt im Darm«, hat schon der weise griechische Naturarzt HIPPOKRATES behauptet. Obwohl er die Zusammenhänge noch nicht kannte, vermutete er bereits vor mehr als 2500 Jahren, daß der Darm nicht nur Transportaufgaben zu erfüllen hat.

Und doch wird kaum ein anderes Organ vom »aufgeklärten« Patienten so stiefmütterlich behandelt. Verstopfungen, die die Darmtätigkeit lähmen, sind ein weitverbreitetes Übel. Auch die dauernde Einnahme von Abführmitteln kann zu schweren Schädigungen der Darmflora führen. Die Milchsäurebakterien sind dann kaum noch lebensfähig. Und durch unvorsichtige Anwendung von manchen Medikamenten wie Antibiotika oder Sulfonamiden werden die Heinzelmännchen-Bakterien erbarmungslos vernichtet.

Darmpflege und Ernährung sind untrennbar miteinander verbunden. Wer hastig ißt und das Kauen vergißt, überspringt damit schon einen wichtigen Schritt der Verdauung. Durch das Einspeicheln wird der Nahrungsbrei mit einem Ferment angereichert, gleichzeitig wird durch den Fluß des Mundspeichels die Bauchspeicheldrüse angeregt.

Fermentmangel führt im Darm zu Gärungsprozessen. Durch Gärung werden die Bakterien verdrängt, die Cobalamin – Vitamin B_{12} – erzeugen sollen. Wer häufig über Blähungen, Aufstoßen und Völlegefühl klagt, kann ziemlich sicher sein, daß er ein »Gärungspatient« ist und möglicherweise bereits unter einem Vitamin-B_{12}-Mangel leidet.

Natürliches Vitamin B_{12} findet sich in vielen Nahrungsmitteln: in Eigelb, Vollkorn, Bananen, Südfrüchten und in allen Wurzelgemüsen wie Sellerie, Spargel, Kartoffeln, Rettich, Radieschen, Kohlrabi und Möhren. Hauptlieferanten von Kobalt sind Bohnen, Tomaten, rote Bete, Kopfsalat, Pilze, Äpfel, Aprikosen, tierische Leber und Schalentiere.

Da Vitamin B_{12} von den Darmwänden in den Kreislauf eingeschleust wird, muß bei einem Mangel in erster Linie dafür gesorgt werden, daß die gesunde Bakterienflora wiederhergestellt wird. Das geschieht durch sogenannte Symbiose-Lenkungen (Symbiose = Lebensgemeinschaft), durch die man die Darmbakterien wieder ansiedelt. Dann ist auch die Gabe von Kobalt wieder von Nutzen.

Ist die Magen- und Darmfunktion beeinträchtigt, wie beispielsweise bei chronischem Alkoholismus, kann auch die Aufnahmefähigkeit für B_{12} und für Kobalt beeinträchtigt sein. Das ist die Erklärung dafür, daß gerade bei Alkoholikern sehr häufig Blutarmut festgestellt wird.

Kobalt baut aber nicht nur Vitamin B_{12} und damit das Blut auf, sondern hat im Organismus noch andere, sehr wichtige Aufgaben zu erfüllen. So spielt Kobalt im Eiweißstoffwechsel eine Rolle und erhöht die Eisenaufnahme ins Blut. Kobalt ist außerdem am Fett- und Kohlenhydratstoffwechsel beteiligt. Das Spurenelement scheint überdies den Jodgehalt der Schilddrüse zu beeinflussen.

Man darf allerdings sagen, daß das medizinische Interesse und die damit zur Verfügung stehende Information über ein Spurenelement deutlich geringer wird, je weniger der Mensch davon benötigt. Der Tagesbedarf an Kobalt wird für einen Erwachsenen mit 2 bis 3 millionstel (!) Gramm angegeben. Und doch vermögen diese winzigen Spuren so ungeheuer vielfältig in die Lebensabläufe einzugreifen.

Tagesbedarf an Kobalt = 2–3 μg

Menüvorschlag: Schweineschnitzel mit grünen Bohnen

Frühstück (625 kcal/2620 kJ):
Obstsalat aus einer Banane, 50 Gramm Johannisbeeren, einer Apfelsine, einem Eßlöffel Honig; zwei Scheiben Toast, zwei Teelöffel Butter, 100 Gramm Quark.

Mittagessen (960 kcal/4020 kJ):
200 Gramm grüne Bohnen putzen und klein schneiden. Eine Zwiebel, zwei Tomaten und eine Scheibe Schinkenspeck klein schneiden und andünsten. Bohnen zugeben und weitere 20 Minuten garen. Mit Salz, Pfeffer und Bohnenkraut abschmecken. Dazu ein Schweineschnitzel und zwei Kartoffeln.

Abendessen (910 kcal/3810 kJ):
Zwei Scheiben Vollkornbrot, zwei Teelöffel Butter, 100 Gramm geräucherter Aal, zwei Scheiben Käse, eine Gewürzgurke.

Dieser Tagesplan enthält ca. 30 Mikrogramm Kobalt.
Gesamt: 2490 kcal/10 420 kJ.

Kobalt-Nährwert-Tabelle

Mittelwerte für 100 g pro eßbarem Anteil
µg = Mikrogramm, mg = Milligramm, g = Gramm

Zum Vergleich:
Muttermilch 1,400 µg

MILCH UND MILCHPRODUKTE	
Vollmilch	0,080 µg
Magermilch	bis 0,230 µg
Buttermilch	0,100 µg
Kondensmilch, 10 %	0,210 µg
Sahne, 30 %	0,050 µg
Joghurt, 3,5 %	0,080 µg
Joghurt, 0,3 %	0,100 µg
Quark, 40 %	0,110 µg
FETTE	
Lebertran	bis 0,010 mg
FLEISCH	
Rinderleber	10,500 µg
Schweineleber	1,530 µg
FISCH	
Heilbutt	4,300 µg
Hering	1,700 µg
REIS	
Reis, poliert	0,600 µg
GETREIDE	
Haferflocken	3,000 µg
BROT	
Roggenbrot	1,800 µg
Weißbrot	2,200 µg
TEIGWAREN	
Nudeln	2,200 µg

GEMÜSE	
Erbsen	3,000 µg
grüne Bohnen	9,000 µg
Kartoffel	1,300 µg
Kohlrabi	3,500 µg
Kopfsalat	5,400 µg
Linsen	0,035 mg
Möhren	2,000 µg
Rosenkohl	0,012 mg
rote Bete	0,700 µg
Spinat	1,900 µg
Tomaten	9,000 µg
weiße Bohnen	0,350 mg
Weißkohl	bis 24,000 µg
Wirsing	1,100 µg
Zwiebel	0,013 mg

OBST	
Apfel	0,010 mg
Aprikose	1,900 µg
Banane	bis 5,000 µg
Birne	0,015 mg
Erdbeeren	2,300 µg
Kirsche, süß	1,600 µg
Pflaume	0,900 µg
Weintrauben	1,400 µg

GETRÄNKE	
Orangens., Handelsw.	9,000 µg
Traubensaft	1,000 µg
Rotwein	bis 1,200 µg
Weißwein	bis 1,200 µg
Tee, schwarz	0,100 mg

DIVERSES	
Erdnüsse, geröstet	0,037 mg
Walnüsse	9,500 µg

Kupfer
Die Körperabwehr wird mobilisiert

DER FALL:
In das Bemühen von namhaften Kinderärzten, Gynäkologen und Psychologen, junge Mütter wieder zum Stillen ihrer Babys anzuhalten, hat sich sogar das Kinderhilfswerk der Vereinten Nationen UNICEF eingeschaltet. Nach Meinung der Ernährungswissenschaftler von UNICEF gibt es für die Gesundheit des Säuglings keinen besseren Schutz als Muttermilch; sie enthält neben allen anderen unerläßlichen Ergänzungsstoffen vor allem auch ausreichend Kupfer, um das körpereigene Abwehrsystem des Säuglings aufzubauen und ihn dadurch in den ersten Lebensmonaten weitgehend vor Ansteckungskrankheiten zu schützen.

Es gibt viele Kinder, die dauernd vor sich hin kränkeln. Röteln, Masern, Windpocken – sie machen sämtliche Infektionskrankheiten durch, leiden darüber hinaus ständig unter Erkältungen, Mandelentzündungen oder Hautausschlägen. Schuld daran ist ein schwächliches körpereigenes Abwehrsystem.

Die Möglichkeit des Organismus, mit Krankheiten selbst fertig zu werden, bezeichnet man gerne als den »inneren Arzt«. Gemeint ist ein sehr kompliziertes und umfassendes, bei guter körperlicher Verfassung perfekt funktionierendes System.

Dringen beispielsweise Keime durch die winzigen Öffnungen der Rachenmandeln in den Organismus ein, werden sie sofort von Spezialtruppen der weißen Blutkörperchen erkannt und vernichtet. Ist die Abwehr schlecht organisiert, haben die Erreger leichtes Spiel.

Die Schwachstelle im sogenannten Immunsystem kann natürlich angeboren sein. Das ist sehr häufig bei Allergien der Fall. Doch nicht selten liegt die Ursache fehlender Selbstheilungskräfte auch in einer falschen Lebensweise.

Hier ist vor allem die Ernährung zu nennen. Jede Einseitigkeit führt auf die Dauer zu einer Herabsetzung der Lebenskräfte und der Abwehrmechanismen. Strenges Fasten wie üppiges Schlemmen sind gleichermaßen unnatürlich und beschleunigen den vorzeitigen Verfall der Körperzellen. Wer sich etwa hauptsächlich von Süßspeisen, Milchprodukten und Kartoffeln mit Sauce ernährt, Fleisch, Vollkornbrot und frische Salate hingegen verschmäht, muß sich nicht wundern, wenn er eines Tages unter einem Mineralstoffmangel leidet. Zum Gesundbleiben gehören neben den Grundnahrungsmitteln Eiweiß, Kohlenhydrate und Fett eben auch die unerläßlichen Ergänzungsstoffe wie Vitamine und Mineralien, Spurenelemente und Enzyme.

Zum Aufbau der körpereigenen Abwehrkräfte, jener Immunstoffe, die Krankheitserreger unschädlich machen können, ist beispielsweise das Spurenelement Kupfer unerläßlich. Ohne Kupfer sind die Abwehrmechanismen mit Sicherheit herabgesetzt, weil die sogenannten Antikörper, die sich mit den Krankheitserregern auseinandersetzen müssen, einen Kupferkern besitzen. In klinischen Untersuchungen wurde festgestellt, daß sich der Kupferspiegel im Blutserum bei vier großen Krankheitsgruppen ganz deutlich erhöht. Es sind dies:

1. alle allergischen Erscheinungen,
2. rheumatische Erkrankungen,
3. Infektionskrankheiten,
4. jedes Krebsgeschehen.

Das heißt mit anderen Worten, durch vermehrte Kupferausschüttung versucht der Körper das Abwehrsystem zu mobilisieren und verstärkt Immunstoffe zu bilden. In der Erfahrungsheilkunde hat sich gezeigt, daß man den Organismus in diesem Bemühen durch die Einnahme von Kupfergaben unterstützen kann. Kupfermangel konnte deutlich bei Säuglingen nachgewiesen werden, die ausschließlich mit Kuhmilch ernährt wurden. Kuhmilch ist besonders arm an Kupfer, vor allem wenn der Weidegrund aus leichten, sandigen Böden besteht.

Das Spurenelement Kupfer dient aber neben der Infektabwehr auch dem Aufbau der roten Blutkörperchen, es fördert die Aufnahme von Eisen, hat eine entkrampfende Wirkung, ist am Pigmentstoffwechsel beteiligt, steigert das Geschmacksempfinden der Zunge und greift darüber hinaus in zahlreiche andere Stoffwechselprozesse ein. Es ist kaum zu glauben, wie stark ein einziges Spurenelement – und noch dazu ein soviel weniger bekanntes als etwa die Mineralstoffe Magnesium oder Calcium – den menschlichen Organismus beeinflußt.

Kupfer ist in sehr vielen Nahrungsmitteln enthalten. Besonders reichlich kommt es in der Rinderleber vor. Schon mit etwa 100 Gramm kann ein Erwachsener seinen gesamten Tagesbedarf an Kupfer dekken. Aber wie schon gesagt ist die ehemals urgesunde Tierleber heute so sehr mit Schadstoffen verseucht, daß man sie nur noch alle zwei Wochen einmal essen sollte.

Der Tagesbedarf an Kupfer liegt bei 1,5 bis 2 Milligramm, den man normalerweise leicht decken kann, denn das Spurenelement findet sich auch in Roggen, Hafer, Weizen, Erbsen, Bohnen, Möhren, Weißkohl, Tomaten, Mandeln und Nüssen.

Bei gesunder Ernährung braucht man also nicht zu befürchten, an Kupfermangel zu erkranken. Aber wer den Wert dieses Spurenelementes unterschätzt, begeht nicht nur einen Rechenfehler, sondern auch eine Ernährungssünde!

So ist das mit der Muttermilch

In den Jahren nach dem Krieg wollten immer weniger Frauen ihre Babys stillen. In den siebziger Jahren war es schließlich schon so weit, daß nur noch jede zweite Mutter ihr Kind stillte. Fertignahrung war ja auch so bequem: rein ins Fläschchen, im Wasserbad erhitzen, füttern. Überdies waren viele Frauen der Überzeugung, daß sich Stillen nachteilig auf die Figur auswirkt.

Das Gegenteil ist der Fall. Stillen kann die Figur sogar positiv beeinflussen. Natürlich verändert sich der Busen einer Frau schon in der frühen Schwangerschaft – aber durch Stillen allein wird die Brust nicht schlaffer.

Muttermilch ist so optimal zusammengesetzt, daß das Baby in den ersten Lebensmonaten alle Nahrungsstoffe erhält, die es benötigt: leichtverdauliches Eiweiß, gut verträgliches Milchfett, Kohlenhydrate, vor allem aber das wichtige Vitamin A, das vor der Zehrkrankheit Rachitis schützt. Darüber hinaus sind in der Muttermilch alle wichtigen Mineralstoffe und Spurenelemente günstiger dosiert als in der Fertigkost. Der hohe Anteil an Natrium in der Kuhmilch beispielsweise, aus der Babykost hergestellt wird, hat einen großen Nachteil:

Er macht durstig. Auf Durst reagiert der Säugling mit herzzerreißendem Schreien – und Mutti greift zum Fläschchen, weil sie denkt, daß der kleine Liebling Hunger hat. Die Folge: Das Kind wird zu dick; und damit wird schon in der Wiege der Trend zu späterer Fettsucht gelegt. Flaschenkinder neigen aber auch häufiger zu Allergien, Windelekzemen und Schleimhautentzündungen.

Bisher kaum beachtet, hat sich außerdem herausgestellt, daß Muttermilch bestimmte Abwehrstoffe enthält, die das Baby vor Ansteckungskrankheiten wie Darminfektionen, Kinderlähmung, Diphtherie, Mumps und Masern schützen. Denn das körpereigene Abwehrsystem des Neugeborenen entwickelt sich erst im Kontakt mit der Außenwelt. Mit der Muttermilch bekommt das Brustkind aber bereits gegen Krankheitserreger Schutzstoffe, über die die Mutter längst verfügt.

Nun wurde gerade in letzter Zeit immer wieder festgestellt, daß in der Muttermilch auch Giftstoffe nachzuweisen sind, die infolge von Lebensmittelrückständen und allgemeiner Umweltverschmutzung über den Blutkreislauf in die Muttermilch gelangen. Eine Kommission der Deutschen Forschungsgemeinschaft betont aber, daß es keinerlei Befunde gibt, die es rechtfertigen, vom Stillen abzuraten.

Die meisten Experten sind der Ansicht, daß mindestens bis zum vierten Monat gestillt werden soll. Besser ist es, das Baby sechs Monate lang zu stillen und erst dann auf Breinahrung umzustellen.

Tragen Sie auch ein Kupferarmband?

Modegag, Aberglaube oder Arznei – Tausende von Bundesbürgern, ganz gleich welchen Standes und Ranges, tragen am Handgelenk ein Kupferarmband. Die meisten schwören Stein und Bein darauf, daß sie durch den Reif aus rötlichem Edelmetall weniger Schmerzen haben. Dabei geht es insbesondere um die Beschwerden des rheumatischen Formenkreises, dem unter anderen Gelenksentzündungen und -verschleiß, Bandscheibenschäden, Hexenschuß, Ischias, Sehnenscheidenentzündungen, aber auch der lästige Tennisarm zugeordnet werden.

Die Zentrale zur Bekämpfung der Unlauterkeit im Heilgewerbe in Mannheim hat sich in den letzten Jahren immer wieder mit den Vertreibern von Kupferringen angelegt. Das jüngste rechtskräftige Urteil wegen irreführender Werbung in diesem Zusammenhang wurde im

Amtsgericht Bruchsal gesprochen (AZ: – 1 Cs 269/80): Der Angeklagte wurde zu einer Geldbuße von 5000 Mark verurteilt, weil er den Kupferringen eine heilende Wirkung bei Rheuma, Neuralgien, Kopfschmerzen und Wetterfühligkeit zugeschrieben hatte.

Wie Grabfunde beweisen, wurden Armreifen aus Kupfer bereits vor ein paar tausend Jahren von den alten Ägyptern getragen. Zu den prominenten Kupferringträgern unserer Zeit gehörten Aristoteles Onassis und der Schauspieler Curd Jürgens.

Fest steht, wie schon oben erwähnt, daß zum Aufbau der körpereigenen Abwehrkräfte das Spurenelement Kupfer unerläßlich ist.

Im Hinblick auf die mögliche Einflußnahme eines Kupferringes auf den Körper hat der Chemieprofessor Dr. W. Ray Walker von der Universität Newcastle (Neusüdwales, Australien) vor einiger Zeit eine interessante Untersuchung mit Rheumapatienten angestellt: Er fand heraus, daß das Gewicht der Armbänder um monatlich 13 Milligramm abnimmt. Da Kupfer von Schweiß aufgelöst werden kann, vermutet der Wissenschaftler, daß winzige Kupfermengen über die Hautporen in den Blutkreislauf eingeschleust werden, wo sie möglicherweise einen therapeutischen Effekt auslösen.

Tagesbedarf an Kupfer = 1,5–2 Milligramm

Menüvorschlag: Schweineschnitzel mit Brokkoli

Frühstück (420 kcal/1750 kJ):
Zwei Scheiben Toast, ein weichgekochtes Ei, zwei Teelöffel Butter, 30 Gramm Schmelzkäse (45 % F. i. Tr.).

Mittagessen (860 kcal/3600 kJ):
Ein Schweineschnitzel (125 Gramm) gar braten, eine kleingeschnittene Zwiebel zugeben und bräunen; 200 Gramm Brokkoli gar dämpfen, einen Eßlöffel Butter zerlassen, zwei Eßlöffel Paniermehl darin bräunen und über die Brokkoli gießen. Dazu Bratkartoffeln.

Abendessen (730 kcal/3055 kJ):
Zwei Rühreier, 200 Gramm Krabben, zwei Scheiben Vollkornbrot, zwei Teelöffel Butter, gehackte Petersilie.

Dieser Tagesplan enthält ca. 5,7 Milligramm Kupfer.
Gesamt: 2010 kcal/8410 kJ.

Kupfer-Nährwert-Tabelle

Mittelwerte für 100 g pro eßbarem Anteil
µg = Mikrogramm, mg = Milligramm, g = Gramm

Zum Vergleich:
Muttermilch 0,035 mg

MILCH UND MILCHPRODUKTE	
Vollmilch	10,000 µg
Magermilch	2,800 µg
Kondensmilch, 10 %	27,000 µg
Sahne, 30 %	6,200 µg
Joghurt, 3,5 %	0,010 mg
Joghurt, 0,3 %	0,012 mg
Gouda, 45 %	0,070 mg
Edamer, 45 %	0,650 mg
Quark, 40 %	13,000 µg
Schmelzkäse, 45 %	0,460 mg
FETTE	
Butter	bis 15,000 µg
Margarine	10,000 µg
EI	
Hühnerei	bis 0,230 mg
FLEISCH	
Corned Beef	0,240 mg
Kalbfleisch	0,250 mg
Rinderleber	3,600 mg
Schweineleber	5,480 mg
Ente	0,450 mg
Huhn	0,300 mg
Hühnerleber	0,300 mg
FISCH	
Aal, geräuchert	0,090 mg
Auster	bis 3,700 mg
Forelle	0,250 mg
Heilbutt	0,200 mg
Hering	0,320 mg
Makrele	0,160 mg
Matjeshering	0,440 mg
Ölsardinen	0,040 mg
Schellfisch	0,230 mg
REIS	
Reis, unpoliert	0,240 mg
Reis, poliert	0,130 mg
GETREIDE	
Haferflocken	0,530 mg
Weizenkleie	1,550 mg
BROT	
Brötchen	0,260 mg
Knäckebrot	0,400 mg
Roggenbrot	0,270 mg
Vollkornbrot	0,420 mg
Weißbrot	0,220 mg
TEIGWAREN	
Nudeln	0,150 mg
GEMÜSE	
Artischocke	0,320 mg
Blumenkohl	0,140 mg
Chinakohl	0,020 mg
Erbsen	0,380 mg
grüne Bohnen	0,140 mg
grüner Paprika	0,100 mg
Grünkohl	0,090 mg

GEMÜSE	
Gurke	0,090 mg
Kartoffel	0,150 mg
Knollensellerie	0,020 mg
Kohlrabi	0,120 mg
Kopfsalat	0,054 mg
Linsen	0,660 mg
Löwenzahnblätter	0,170 mg
Mais	0,060 mg
Möhren	0,081 mg
Petersiliengrün	0,520 mg
Rettich	0,130 mg
Rhabarber	0,050 mg
Rosenkohl	0,090 mg
rote Bete	0,190 mg
Sauerkraut	0,130 mg
Sojabohnen	0,110 mg
Spargel	0,150 mg
Spinat	0,120 mg
Tomaten	0,090 mg
weiße Bohnen	0,800 mg
Weißkohl	0,060 mg
Wirsing	0,070 mg
Zwiebel	0,080 mg
Champignons	0,400 mg
Pfifferlinge	bis 1,000 mg

OBST	
Apfel	0,100 mg
Apfelsine	0,067 mg
Aprikose	0,150 mg
Banane	0,130 mg
Birne	0,090 mg
Brombeeren	0,140 mg
Erdbeeren	0,120 mg
Grapefruit	0,040 mg
Johannisbeeren, rot	0,100 mg
Johannisb., schwarz	0,110 mg
Kirsche, süß	0,094 mg
Pfirsich	0,050 mg
Pflaume	0,093 mg
Weintrauben	0,061 mg
Zitrone	bis 0,400 mg

GETRÄNKE	
Apfelsaft	0,059 mg
Orangensaft, frisch	0,080 mg
Orangens., Handelsw.	0,057 mg
Tomatensaft	0,120 mg
Traubensaft	0,048 mg
Zitronensaft	0,200 mg
Cola-Getränke	0,030 mg
Rotwein	0,100 mg
Weißwein	0,070 mg
Vollbier, hell	0,040 mg
Kaffee, geröstet	3,000 mg
Tee, schwarz	2,780 mg

DIVERSES	
Ananas, in Dosen	0,050 mg
Blütenhonig	0,090 mg
Kakaopulver	3,900 mg
Milchschokolade	bis 2,700 mg
Rosinen	0,100 mg
Erdnüsse, geröstet	0,610 mg
Walnüsse	0,880 mg
Bierhefe	3,320 mg
Kartoffelchips	0,730 mg

Zink

Ein ganz heißes Spurenelement

DER FALL:

Eine der letzten Meldungen über das Metall Zink kommt aus den USA. Dort hat der Chemiker Professor GORDUS *an der Universität Michigan festgestellt, daß seine intelligentesten Studenten einen besonders hohen Zinkgehalt in den Haaren haben. Bisher kann die Wissenschaft mit dieser Tatsache noch nicht viel anfangen. Aber es steht fest, daß Zink auf noch unbekannte Weise am Gehirnstoffwechsel beteiligt ist. Möglicherweise gelingt es eines Tages, etwa Lernschwächen durch eine gezielte Zinktherapie zu beseitigen.*

Es ist seit langem bekannt, daß das Spurenelement Zink die Wundheilung beschleunigt und das Bakterienwachstum hemmt. Welche lebenswichtige Rolle das Zink aber wirklich im Organismus des Menschen spielt, wurde erst in jüngster Zeit erforscht. Der Grund dafür: Chemiker haben erst jetzt einfachere Methoden gefunden, mit denen man ohne Aufwand auch die winzigsten Spuren von Mineralstoffen nachweisen kann.

Zink ist sozusagen das zur Zeit »heißeste« unter den Spurenelementen. In der Rheumabehandlung hat sich das Metall bereits gut bewährt. Seit langem sind Gold- oder Eisentherapien üblich, die allerdings mit starken unerwünschten Nebenwirkungen behaftet sind. Deshalb versuchte man immer wieder, das schmerzhafte Leiden mit anderen Metallen zu bessern. Neue Untersuchungen ergaben, daß Rheumapatienten einen besonders niedrigen Zinkspiegel im Blutserum aufweisen. Was lag näher, als eine Zinkbehandlung zu probieren?

An der Rheuma-Fachklinik »Höhenblick« in Baden-Baden hat man mit der Zinktherapie bereits begonnen. Die ersten Ergebnisse: Patienten mit chronischer Polyarthritis hatten bereits nach zwei bis drei Wochen, in denen sie Zinkdragees einnahmen, weniger Schmerzen und konnten sich besser bewegen. Nach dreimonatiger Behandlung mit Zink ließ die gefürchtete Morgensteifigkeit nach, die Gelenkschwellungen gingen zurück. Vorher kaum bewegliche Kranke konnten wieder längere Wegstrecken gehen.

Zu Beginn der sechziger Jahre entdeckte man in den USA ein schweres, vermutlich erblich bedingtes Krankheitsbild, das allein auf einen Zinkmangel zurückzuführen war. Die betroffenen Patienten litten unter Wachstumsstörungen, einer Unterfunktion der Keimdrüsen und an Blutarmut. Nach Zinkzulagen mit der Nahrung verlief das Wachstum wieder ganz normal.

Diese Zink-Mangelerscheinung wurde daraufhin in vielen Ländern der Erde beobachtet. So ergab eine Untersuchung an 2000 ägyptischen und iranischen Zwergmenschen die Diagnose: chronischer Zinkmangel. In der Hauptsache ernährten sich diese Menschen von Getreide und Bohnen. Diese enthalten allerdings ausreichend Zink. Deshalb standen die Wissenschaftler zunächst vor einem Rätsel. Aber dann fand man heraus, daß die Nahrungsmittel in diesen Ländern reich an sogenannter Phytinsäure sind, die vor allem in Getreide und Bohnen enthalten ist. Dabei handelt es sich um schwerlösliche Metallverbindungen, die die Zinkaufnahme in den Körper stark behindern.

Die höchste Zinkkonzentration läßt sich in der männlichen Vorsteherdrüse und in der Samenflüssigkeit nachweisen. Auch zur Insulinaufbereitung in der Bauchspeicheldrüse wird Zink benötigt. Fehlt das Hormon Insulin, kommt es zur Zuckerkrankheit. Tatsächlich ist auch der Zinkgehalt des Blutes von Diabetikern (Zuckerkranken) herabgesetzt.

Insgesamt finden sich im Körper eines Erwachsenen 2 bis 4 Gramm Zink. Stets ist das Metall in den roten Blutkörperchen enthalten – wenn Zink fehlt, kommt es zur Blutarmut. Bei Krebskranken ist der Zinkgehalt des Blutes meist erniedrigt, statt dessen finden sich erstaunlich große Mengen Zink im Tumorgewebe. Möglicherweise handelt es sich um eine verzweifelte Selbsthilfemaßnahme des Organismus, um mit der »Wunderwaffe« Zink das Krebsgeschehen günstig zu beeinflussen. Bei Blutkrebs – Leukämie – hat man festgestellt, daß die weißen Blutkörperchen, die sich bei dieser Krankheit rasend vermehren, einen sehr niedrigen Zinkgehalt haben.

Um die Folgen eines absoluten Zinkmangels zu erforschen, hat man im Tierversuch dem Futter von trächtigen Ratten das Spurenelement Zink entzogen – die geworfenen Jungen waren lebensunfähig und verendeten kurze Zeit nach der Geburt. Bei anderen Experimenten beobachtete man, daß Vögel ein höchst spärliches Federkleid bekommen, wenn sie zinkarm ernährt werden. Küken tragen dann sogar schwere Knochenschäden davon.

Der Mensch benötigt pro Tag 10 bis 15 Milligramm Zink. Es ist vor allem in magerem Fleisch, Hirn, Leber, Milch, Eiern, Kartoffeln, Getreide, Blumenkohl und Karotten enthalten. Wer sich zinkreich ernähren will, hat also eine große Auswahl.

VERBRAUCHER-TIP:
Zink in höheren Dosierungen kann giftig wirken. Deshalb sollen Lebensmittel niemals in Zinkgefäßen aufbewahrt oder zubereitet werden.

Haardiagnose – ein neuer Zweig der Wissenschaft: Was Spurenelemente in den Haaren verraten

Bestimmte innere Erkrankungen und Stoffwechselleiden lassen sich aus den Haaren erkennen. Obwohl die Trichologie (die Lehre von der Erforschung des Haares) noch in den Kinderschuhen steckt, mausert sie sich vielleicht schon bald zu einem ernst zu nehmenden Diagnoseverfahren. Erst kürzlich legten Wissenschaftler in Hamburg die ersten Ergebnisse vor. Die Technik macht es möglich: Lichtmikroskop, Elektronenmikroskop, Raster-Elektronenmikroskop und – der »letzte Schrei« in der Analytik – die sogenannte Neutronen-Aktivierungs-Analyse lassen Untersuchungen zu, die bisher undenkbar waren. Insbesondere geht es um die makromolekularen Proteine, größere chemische Verbindungen von Eiweißkörpern. Haare sind nicht nur Hornfäden, sondern eben solche hochmolekulare Eiweißkörper. Deshalb läßt sich bereits am Längen- und am Dickenwachstum des Haares feststellen, ob im Körper ein Eiweißmangel vorliegt.

Man weiß schon seit längerer Zeit, daß im Haar Spurenelemente wie Arsen oder Thallium nachweisbar sind. Letzteres kommt zum Beispiel in den herkömmlichen Rattengiften vor. Nicht selten wird das Gift, vor allem von Kindern, irrtümlich geschluckt. Aber auch Arsenvergiftungen kommen noch vor. Deshalb wird man bei Verdacht auf eine Schwermetallvergiftung (Quecksilber, Blei) auch eine Haaruntersuchung veranlassen – ebensogut wie man bei einer Vergiftung mit Schlafmitteln den Urin untersucht, weil Schlafmittel über die Nieren ausgeschieden werden.

Da das Haar praktisch alle im Körper vorkommenden Spurenelemente speichert, läßt die Haaranalyse heutzutage schon weit mehr Rückschlüsse auf die verschiedensten Störungen im Allgemeinbefinden zu:

- Ein geringer Zinkgehalt des Haares tritt deutlich bei vermindertem Geschmackssinn auf.
- Kupfermangel im Haar kann ein Hinweis auf die sogenannte Menkessche Krankheit, ein schweres Stoffwechselleiden, sein.
- Der Gehalt des Haares an Cadmium, Kobalt, Mangan, Chrom und Lithium war bei verhaltensgestörten Kindern erheblich niedriger als bei normalen Gleichaltrigen.

Darüber hinaus stellten die Trichologen fest:

- In den Haaren von Zuckerkranken findet sich immer ein ganz bestimmter Eiweißkörper.
- Bei erblichen Krankheiten treten typische Veränderungen am Haarschaft auf.
- Unverwechselbare Fermente in den Haaren verraten die Blutgruppe des Trägers.

An der Hautklinik der Freien Universität Berlin fand man heraus, daß Veränderungen der Haarwurzeln Schilddrüsenerkrankungen signalisieren. Natürlich ist die Haaranalyse einfacher und weniger aufwendig als etwa ein Radiojodtest, der üblicherweise bei Verdacht auf Schilddrüsenleiden gemacht wird. Wenn man im sogenannten Trichogramm des Haares einen Hinweis auf eine Schilddrüsenerkrankung findet, kann man der Sache immer noch mit komplizierteren Untersuchungsmethoden auf den Grund gehen.

Der große Vorteil für die Wissenschaftler liegt darin, daß Haare leicht zu haben sind. Für den Forscher ist auch von Bedeutung, daß Haare im Hinblick auf den Gesamtorganismus eine untergeordnete Rolle spielen. Bei einer Störung im Stoffwechselgeschehen wird der Körper die knapp werdenden Spurenelemente zuerst den Haaren entziehen. Mangelerscheinungen lassen sich deshalb an den Haaren besonders frühzeitig feststellen.

Andererseits sind Haare eine Art Langzeitspeicher, denn sie können theoretisch sogar darüber Aufschluß geben, in welchem Zustand sich ein Patient etwa vor einem Jahr befunden hat. Die Geschwindigkeit, mit der Haare wachsen, ist bekannt: ein drittel Millimeter pro Tag. Setzt man nun die Haarlänge in Relation zur Zeit, so findet man einen bestimmten Haarabschnitt, der vor einem Jahr gewachsen ist. Und an Veränderungen dieses Haarabschnittes läßt sich das Befinden (oder, besser gesagt, ein Mangelzustand) beurteilen, das (oder der) damals vorgelegen hat.

Warum beschäftigt man sich erst neuerdings mit der Krankheitsfindung aus den Haaren? Zum einen gab es für die Wissenschaftler wichtigere Dinge zu tun, zum anderen verfügt man aber erst heute über die technischen Möglichkeiten, um das Haar exakt zu untersuchen.

Haarforschung wird in aller Welt betrieben. Unter den Trichologen befinden sich Kosmetik-Chemiker, Biologen, Dermatologen, Zoologen und Wollforscher - denn die Wolle als Tierhaar ist dem menschlichen Haar sehr ähnlich. Doch die Haarforschung steht noch ganz am Anfang. Sie ist jetzt noch in einem Stadium, wo zunächst einmal alle Daten und Fakten, derer man habhaft werden kann, zusammengetragen und registriert werden. Möglicherweise wird man erst in zehn Jahren genauer abklären können, welche Krankheitsgruppen aus dem Haar diagnostizierbar sind.

Tagesbedarf an Zink = 10–15 Milligramm

Menüvorschlag: Hähnchenfilet mit Nudeln

Frühstück (480 kcal/2000 kJ):
Ein weichgekochtes Ei, eine Scheibe Gouda, zwei Scheiben Vollkornbrot, zwei Teelöffel Butter, Kaffee oder Tee nach Belieben.

Mittagessen (820 kcal/3430 kJ):
150 Gramm Hähnchenfilet in Streifen schneiden, würzen und anbraten; drei kleingeschnittene Zwiebeln mitschmoren und 200 Gramm Erbsen zufügen. Sauce mit 100 Gramm Sahne binden und mit Zitrone, Salz, Pfeffer und Curry würzen. Dazu 60 Gramm Nudeln.

Abendessen (680 kcal/2850 kJ):
Zwei Scheiben Vollkornbrot, zwei Teelöffel Butter, 100 Gramm Corned Beef, 200 Gramm rote Bete mit einer Zwiebel in Zitronen-Öl-Marinade.

Dieser Tagesplan enthält ca. 22 Milligramm Zink.
Gesamt: 1980 kcal/8290 kJ.

ZINK-NÄHRWERT-TABELLE

Mittelwerte für 100 g pro eßbarem Anteil
μg = Mikrogramm, mg = Milligramm, g = Gramm

Zum Vergleich:
Muttermilch 0,220 mg

MILCH UND MILCHPRODUKTE	
Vollmilch	0,380 mg
Magermilch	0,400 mg
Kondensmilch, 10 %	1,000 mg
Sahne, 30 %	0,260 mg
Joghurt, 3,5 %	0,380 mg
Joghurt, 0,3 %	0,450 mg
Gouda, 45 %	3,900 mg
Edamer, 45 %	bis 8,870 mg
Camembert, 60 %	2,700 mg
Quark, 40 %	0,500 mg
FETTE	
Butter	0,230 mg
Margarine	0,160 mg
EI	
Hühnerei	1,350 mg
FLEISCH	
Corned Beef	5,600 mg
Rinderleber	5,100 mg
Schweineleber	5,900 mg
Huhn	0,850 mg
Hühnerleber	3,200 mg
FISCH	
Aal, geräuchert	bis 0,900 mg
Auster	bis 160,000 mg
Schellfisch	0,300 mg
REIS	
Reis, unpoliert	bis 2,000 mg
Reis, poliert	bis 0,800 mg
GETREIDE	
Haferflocken	4,400 mg
Weizenkleie	13,300 mg
BROT	
Brötchen	1,100 mg
Knäckebrot	3,100 mg
Roggenbrot	0,860 mg
Vollkornbrot	2,100 mg
Weißbrot	bis 0,800 mg
TEIGWAREN	
Nudeln	1,600 mg

GEMÜSE	
Blumenkohl	0,230 mg
Erbsen	2,650 mg
Feldsalat	0,540 mg
grüne Bohnen	0,180 mg
Gurke	0,160 mg
Kartoffel	0,270 mg
Knollensellerie	0,310 mg
Kopfsalat	0,220 mg
Linsen	bis 9,000 mg
Löwenzahnblätter	1,200 mg
Möhren	0,390 mg
Petersiliengrün	0,900 mg
Rettich	0,200 mg
Rosenkohl	0,870 mg
rote Bete	0,590 mg
Sojabohnen	1,000 mg
Spargel	bis 0,800 mg
Spinat	0,500 mg
Tomaten	0,240 mg
weiße Bohnen	2,800 mg
Weißkohl	bis 1,500 mg
Wirsing	0,300 mg
Zwiebel	1,400 mg
Champignons	0,390 mg
Pfifferlinge	bis 0,800 mg

OBST	
Apfel	0,120 mg
Apfelsine	0,100 mg
Aprikose	0,070 mg
Banane	0,220 mg
Birne	0,230 mg
Erdbeeren	0,120 mg
Grapefruit	0,170 mg
Johannisbeeren, rot	0,200 mg
Johannisb., schwarz	0,180 mg
Kirsche, süß	0,150 mg
Pfirsich	0,020 mg
Pflaume	0,070 mg
Weintrauben	0,082 mg
Zitrone	bis 0,200 mg

GETRÄNKE	
Apfelsaft	0,120 mg
Orangens., Handelsw.	0,120 mg
Tomatensaft	0,086 mg
Traubensaft	0,040 mg
Zitronensaft	bis 0,200 mg
Rotwein	0,180 mg
Weißwein	0,230 mg
Vollbier, hell	0,020 mg
Tee, schwarz	3,020 mg

DIVERSES	
Kakaopulver	bis 5,000 mg
Milchschokolade	0,200 mg
Rosinen	0,100 mg
Erdnüsse, geröstet	3,380 mg
Walnüsse	2,700 mg
Bierhefe	8,000 mg
Kartoffelchips	1,600 mg

Mangan

Wenn die Bauchspeicheldrüse verrückt spielt

DER FALL:

Seit einigen Wochen schon fühlte sich der Schlachtermeister Rudolf Krieger nicht mehr wohl in seiner Haut. Er schwitzte übermäßig, hatte ständig Durst und ein unangenehmes Völlegefühl im Bauch. Diese Krankheitszeichen lassen einen Arzt sofort hellhörig werden, denn sie deuten auf Diabetes, eine Störung im Zuckerstoffwechsel. Meist klagen diese Patienten auch über häufiges Aufstoßen oder krampfartige Leibschmerzen. Nicht selten strahlen diese Schmerzen in den Rücken aus und hinauf bis zwischen die Schulterblätter. Dies ist ein deutliches Symptom dafür, daß mit der Bauchspeicheldrüse etwas nicht stimmt.

In der Bundesrepublik gibt es rund 1,3 Millionen Zuckerkranke. Aber man schätzt, daß eine weitere Million Bürger davon betroffen ist, ohne es zu wissen. Im Anfangsstadium spürt man von der Zuckerkrankheit nämlich überhaupt nichts. Deshalb sollte man jährlich einmal eine einfache Vorsorgeuntersuchung mit einem Teststreifen machen, den es für ein paar Groschen in jeder Apotheke zu kaufen gibt.

Beim Diabetes produziert die Bauchspeicheldrüse zuwenig zuckersenkendes Insulin. Aber es ist keineswegs so, daß nun alle Zuckerkranken ihr Leben lang Insulin spritzen müssen. Das ist nur beim sogenannten jugendlichen Diabetes der Fall, wenn die Bauchspeicheldrüse überhaupt kein Insulin herstellt. Hingegen läßt sich der Altersdiabetes in der Regel mit einer bestimmten Diät und mit Medikamenten in den Griff bekommen. Zur unterstützenden Behandlung werden in der Naturheilkunde Extrakte aus Heidelbeerblättern oder Mineralstofftabletten verordnet. Denn mehrere Mineralien und Spurenelemente beeinflussen sehr deutlich den Zuckerstoffwechsel und die Insulinproduktion, so zum Beispiel Mangan, Zink und Calcium. Auf medizinischem Gebiet stieg das besondere Interesse an Mangan, nachdem man im Tierversuch nachweisen konnte, daß durch Manganmangel der Zuckerstoffwechsel gestört wird. Auch die Tatsache, daß sich die bekannte Futterpflanze Luzerne zur Diabetes-Therapie eignet, ist nur auf ihren hohen Mangangehalt zurückzuführen. Wissenschaftliche Reihenuntersuchungen ergaben darüber hinaus, daß Mangan sogar bei jugendlichen Diabetikern blutzuckersenkend wirkt.

Mangan erfüllt aber noch eine andere, sehr wichtige Aufgabe im menschlichen Organismus: Es steigert die Verwertbarkeit des nervenwirksamen Vitamin B_1. Auch Vitamin A und seine Vorstufe Carotin, unentbehrlich für die Hell-Dunkel-Anpassung des Auges, sind von Mangan abhängig.

Wer sich vernünftig ernährt, wird kaum unter Manganmangel leiden, denn dieses Spurenelement ist in sehr vielen Lebensmitteln enthalten. Besonders reichlich kommt Mangan in Gerste, Roggen, Weizen und Hafer vor. Buchweizenkleie ist ein wahrer Manganspender. Auch Hülsenfrüchte und viele Gemüse haben einen hohen Mangangehalt. In einigen Gewürzen, wie Kardamom, Ingwer, Lorbeer und Petersilie, dominiert Mangan. Teetrinker sind besonders gut dran, denn in Teeblättern findet sich Mangan am reichlichsten.

Wie wenig man heute aber noch über die lebenswichtigen Spurenelemente weiß, zeigen die unterschiedlichsten Feststellungen darüber. So wird der Tagesbedarf des Menschen an Mangan in der Fachliteratur zwischen 3 und 9 Milligramm pro Tag angegeben. Die Richtwerte über den Manganspiegel im Blutserum schwanken sogar zwischen 3 und 20 Mikrogramm! Die Spurenelement-Forschung, vor allem die Behandlung mit Spurenelementen, ist also immer noch Neuland. Wie viele andere naturgemäße Heilverfahren basiert sie weitgehend auf Erfahrung, ist also – jedenfalls in großen Teilen – heute noch Erfahrungstherapie. Man hat aber herausgefunden, daß beispielsweise auch ein Zusammenhang zwischen Mangan und dem Gewebshormon Histamin besteht. Bei allergischen Erkrankungen, wie Heuschnupfen und Hautausschlag, wird Histamin freigesetzt. Fehlt Mangan, kommt es zu vermehrter Histaminausschüttung und zu den damit verbundenen Allergien. Inwieweit Mangan einmal in der Allergietherapie eingesetzt werden kann, bleibt abzuwarten.

Überdies aktiviert Mangan eine Anzahl von Fermenten und kann vielleicht sogar auch einmal Anfallskranken helfen. Kanadische Wissenschaftler haben festgestellt, daß Epileptiker, vor allem Kinder, einen ungewöhnlich niedrigen Manganspiegel haben. Zur Zeit wird überprüft, ob Manganzusätze zur täglichen Nahrung einen Heilungseffekt herbeiführen können.

Die wichtigsten Erkenntnisse über Mangan stammen aus Tierversuchen. So fand man heraus, daß manganarm ernährte Tiere unfruchtbar werden. Die Jungen von manganarm ernährten Weibchen gehen jämmerlich zugrunde, weil sie nicht saugen können. Bei Vögeln kommt es bei Manganmangel zu Skelettveränderungen, Hühner weisen zum Beispiel eine Verkürzung der Flügel- und Beinknochen auf.

In der Natur finden wir Mangan in Erzen. Wie der Name ausweist, versteckt es sich in dem gebräuchlichen Desinfektionsmittel Kaliumper(mangan)at. Futtergetreide, Weidegras und Heu sind normalerweise reich an Mangan; allerdings wird das Spurenelement durch übertriebene Kalkdüngung verdrängt. Pflanzen, die zuwenig Mangan bekommen, wachsen schlecht, Bohnen und Erbsen werden fleckig, schließlich trocknen sie sogar aus. Leider können diese Nahrungsmittel, die auf manganarmen Böden heranwachsen, letztendlich auch beim Menschen einen Mangel herbeiführen.

Tagesbedarf an Mangan = etwa 4,5 Milligramm

Menüvorschlag: Kohlrouladen

Frühstück (550 kcal/2300 kJ):
Zwei Scheiben Toast, zwei Teelöffel Butter, 100 Gramm Quark mit einem Eßlöffel gehackter Haselnüsse und einem Eßlöffel Heidelbeeren vermischen; eine Scheibe Gouda.

Mittagessen (640 kcal/2670 kJ):
Etwa 200 Gramm Kohlblätter kurz dämpfen. 100 Gramm Hackfleisch mit einem Ei, einer gewürfelten Zwiebel, Salz und Pfeffer vermischen und damit die Kohlblätter füllen. Anschmoren, etwas Wasser angießen und garen. Sauce mit Sojamehl binden und mit Tomatenmark, Salz und Pfeffer abschmecken. Dazu vier kleine Pellkartoffeln.

Abendessen (910 kcal/3800 kJ):
Eine Avocado halbieren und aushöhlen; 100 Gramm Ananas, Avocadoinneres, 100 Gramm Kopfsalat, zwei Tomaten und einen Bund

Radieschen klein schneiden und vermischen. Aus einem halben Becher Joghurt, zwei Eßlöffel Tomatenketchup, Salz, Pfeffer und einer Prise Zucker eine Marinade anrühren, alles hineingeben, abmischen und in die Avocadohälften füllen; eine Scheibe Vollkornbrot, ein Teelöffel Butter.

Dieser Tagesplan enthält ca. 43 Milligramm Mangan.
Gesamt: 2100 kcal/8800 kJ.

MANGAN-NÄHRWERT-TABELLE

Mittelwerte für 100 g pro eßbarem Anteil
µg = Mikrogramm, mg = Milligramm, g = Gramm

Zum Vergleich:
Muttermilch 4,100 µg

MILCH UND MILCHPRODUKTE	
Vollmilch	2,500 µg
Magermilch	6,750 µg
Kondensmilch, 10 %	6,600 µg
Sahne, 30 %	1,700 µg
Joghurt, 3,5 %	2,500 µg
Joghurt, 0,3 %	3,000 µg
Edamer, 45 %	0,150 mg
Quark, 40 %	0,060 mg
FETTE	
Butter	bis 40,000 µg
Lebertran	0,500 mg
Margarine	3,600 µg
EI	
Hühnerei	0,030 mg
FLEISCH	
Kalbfleisch	0,030 mg
Rinderleber	0,250 mg
Schweineleber	0,360 mg
Ente	0,030 mg
Huhn	bis 0,050 mg
Hühnerleber	0,077 mg
FISCH	
Aal, geräuchert	0,028 mg
Auster	bis 1,000 mg
Forelle	0,030 mg
Heilbutt	0,012 mg
Hering	bis 0,120 mg
Makrele	0,037 mg
Schellfisch	0,020 mg
REIS	
Reis, unpoliert	1,100 mg
Reis, poliert	bis 3,000 mg
GETREIDE	
Haferflocken	4,900 mg
Weizenkleie	3,700 mg
BROT	
Brötchen	0,890 mg
Roggenbrot	0,920 mg

BROT	
Vollkornbrot	2,300 mg
Weißbrot	bis 1,000 mg

TEIGWAREN	
Nudeln	0,730 mg

GEMÜSE	
Artischocke	0,380 mg
Blumenkohl	0,170 mg
Chinakohl	0,280 mg
Erbsen	0,660 mg
grüne Bohnen	0,380 mg
grüner Paprika	0,100 mg
Grünkohl	0,550 mg
Gurke	0,150 mg
Kartoffel	0,150 mg
Knollensellerie	0,150 mg
Kohlrabi	0,130 mg
Kopfsalat	0,350 mg
Löwenzahnblätter	0,340 mg
Mais	0,200 mg
Möhren	0,210 mg
Rettich	0,050 mg
Rhabarber	0,130 mg
Rosenkohl	0,260 mg
rote Bete	1,000 mg
Sojabohnen	2,800 mg
Spargel	0,270 mg
Spinat	0,760 mg
Tomaten	0,140 mg
weiße Bohnen	2,000 mg
Weißkohl	0,100 mg
Wirsing	0,200 mg
Zwiebel	bis 0,360 mg
Champignons	0,110 mg
Pfifferlinge	bis 0,200 mg

OBST	
Apfel	0,065 mg
Apfelsine	0,029 mg
Aprikose	0,270 mg
Banane	0,530 mg
Birne	0,049 mg
Brombeeren	0,590 mg
Erdbeeren	0,200 mg
Grapefruit	0,013 mg
Johannisbeeren, rot	0,600 mg
Johannisb., schwarz	0,680 mg
Kirsche, süß	0,063 mg
Pfirsich	0,110 mg
Pflaume	0,082 mg
Weintrauben	0,073 mg
Zitrone	bis 0,050 mg

GETRÄNKE	
Apfelsaft	0,120 mg
Orangensaft, frisch	0,030 mg
Orangens., Handelsw.	0,030 mg
Tomatensaft	7,700 µg
Traubensaft	0,050 mg
Zitronensaft	bis 0,050 mg
Rotwein	bis 0,200 mg
Weißwein	0,140 mg
Tee, schwarz	73,400 mg

DIVERSES	
Blütenhonig	0,030 mg
Zucker	0,010 mg
Erdnüsse, geröstet	1,240 mg
Walnüsse	1,970 mg
Bierhefe	0,530 mg
Kartoffelchips	0,460 mg

Jod

Einmal in der Woche: Fisch auf den Tisch!

DER FALL:

Schon mehr als zehn Millionen Bundesbürger leiden unter ganz ähnlichen Beschwerden: Sie verspüren ein eigenartiges Kloßgefühl im Hals, das ihnen die Luft abschnürt; sie sind dauernd erkältet, auch wenn sie noch so sehr auf sich achten; sie nehmen ohne ersichtlichen Grund an Gewicht zu, neigen zu trockener Haut und zu Kreislaufbeschwerden. Auch wenn es draußen warm ist, fangen sie plötzlich an zu frieren. Hinter solchen Erscheinungsformen steckt fast mit Sicherheit eine Schilddrüsenerkrankung, die unbedingt vom Arzt abgeklärt werden muß.

Schuld an den Beschwerden ist in den meisten Fällen ein »Spurenelement mit drei Buchstaben« – Jod. In sehr geringen Mengen ist Jod im Erdboden, reichlicher im Meerwasser, aber auch in der Seeluft enthalten. Viel Jod kommt in tierischen und pflanzlichen Meeresorganismen vor: in Seefischen, Korallen und Schwämmen.

Entdeckt wurde das Spurenelement Jod im Jahre 1813 bei der Salpeterherstellung. Schon wenige Jahre später setzte man es zur Heilung von gewissen Schilddrüsenerkrankungen ein. Seit alters hatte man jedoch schon zur Behandlung des Kropfes – einer Entartung der Schilddrüse – zerriebene Schwämme aus dem Meer empfohlen. Die Erfahrungsheilkunde war der Wissenschaft wieder einmal weit voraus: Heute weiß man, daß die Schwämme stark jodhaltig sind und die Schilddrüse auf Jod einfach nicht verzichten kann.

Die schmetterlingsförmige Drüse sitzt wie zwei Walnußhälften rechts und links unter dem Kehlkopf. Sie produziert zwei sehr wichtige Hormone, die eine Anzahl von Lebensvorgängen steuern. Zur Herstellung dieser Hormone benötigt die Schilddrüse das Jod. Dieses

Element, das wir mit der Nahrung aufnehmen müssen, filtert die Schilddrüse aus dem Blut heraus. Das kann sie so fabelhaft, daß kein Quentchen verloren geht.

Enthält die Nahrung zuwenig Jod, schwillt die Schilddrüse an: Sie versucht durch eigenes größeres Volumen den Jodmangel auszugleichen (was natürlich nicht möglich ist).

Unter einer geschwollenen Schilddrüse - im Volksmund spricht man vom Kropf, der Arzt bezeichnet sie als Struma - leiden rund zweihundert Millionen Menschen auf der Welt. Allein in der Bundesrepublik sind es etwa 15 Prozent der Bevölkerung, wobei Frauen häufiger betroffen sind als Männer, was möglicherweise auf das komplizierte Hormonsystem und auf bisher unbekannte Erbfaktoren zurückzuführen ist.

Interessant ist die Tatsache, daß es in Bayern die meisten Kropfpatienten gibt (nämlich 32 Prozent), in Nordrhein-Westfalen nur etwa die Hälfte (15 Prozent) und in Schleswig-Holstein die wenigsten (4 Prozent). Das Nord-Süd-Gefälle hängt vor allem mit dem Jodgehalt des Trinkwassers zusammen. Im weichen Wasser der südlichen Gebirgstäler ist Jod rar, im harten Wasser nördlicher Gegenden kommt es reichlicher vor.

Um gesund zu bleiben, muß ein Erwachsener täglich mindestens 150 Mikrogramm (millionstel Teile eines Gramms!) mit der Nahrung zu sich nehmen. Schwangeren und Stillenden wird zu 200 Mikrogramm geraten.

Wissenschaftliche Studien untermauern den weitverbreiteten Jodmangel. So wurden zum Beispiel die Musterungsergebnisse von 5,5 Millionen Wehrpflichtigen der Jahrgänge 1937 bis 1952 ausgewertet. Fazit: Im Durchschnitt hatten 15 Prozent der jungen Männer eine mehr oder weniger vergrößerte Schilddrüse. Eine andere Untersuchung ergab, daß sogar Schulkinder bundesweit darunter leiden: Bei 30 Prozent der Jungen und 40 Prozent der Mädchen ergaben sich deutliche Tastbefunde, bei 5 Prozent der Jungen und 12 Prozent der Mädchen war die Verdickung bereits sichtbar.

VERBRAUCHER-TIP:

Dabei ließe sich einem Jodmangel schon durch eine einzige Fischmahlzeit in der Woche vorbeugen. So enthalten beispielsweise 200 Gramm Schellfischfilet 850 Mikrogramm Jod! Da die Schilddrüse ein Speicherorgan ist, stünden ihr somit für eine Woche pro Tag 120 Mikrogramm (fast der gesamte Tagesbedarf) zur Verfügung.

Da Fisch aber keineswegs in allen deutschen Gegenden regelmäßig auf dem Speisezettel steht, hält die Sektion »Schilddrüse« der Deutschen Gesellschaft für Endokrinologie es für notwendig, das Speisesalz in der Bundesrepublik mit Jod anzureichern. In der Schweiz wird schon seit 1925 auf diese Weise verfahren. Der Erfolg: 1926 hatten noch 26 Prozent der Schulkinder in Bern deutliche Schilddrüsenvergrößerungen. 1942 wurde bei keinem einzigen Kind mehr ein Kropf festgestellt! Seit 1956 wird auch in Österreich das Speisesalz gesetzlich jodiert. Überdosierungen sind kaum zu befürchten, denn unerwünschte Nebenwirkungen ergäben sich erst bei einer täglichen Jodaufnahme von 500 Mikrogramm, was mit geringfügig jodiertem Speisesalz kaum zu erreichen ist.

VERBRAUCHER-TIP:
Auch wenn die Jodierung des Speisesalzes in der Bundesrepublik nicht wie in anderen Ländern gesetzlich geregelt ist – so gibt es jodiertes Speisesalz doch zu kaufen. Jede Apotheke und jedes Reformhaus haben verschiedene Marken vorrätig. Nach der neuen Diätverordnung dürfen die Packungen die Aufschrift tragen: »Geeignet zur Verhütung und Behandlung von Jodmangel«. Der Jodgehalt der jodierten Speisesalze liegt im Durchschnitt bei 20 Milligramm pro Kilogramm Kochsalz. Diese Menge reicht aus, um sich bei normalem Salzverbrauch vor einer Kropfbildung mit ihren vielfältigen Beschwerden zu schützen.

Tagesbedarf an Jod = 150–200 Mikrogramm

Menüvorschlag: Seelachs in Folie

Frühstück (480 kcal/2000 kJ):
Zwei Scheiben Toast, zwei Teelöffel Butter, ein Spiegelei; eine Banane.

Mittagessen (610 kcal/2550 kJ):
Ein Seelachsfilet (200 Gramm) säubern, säuern, salzen. Zwei Zwiebeln und 100 Gramm Champignons in Butter glasieren. Seelachsfilet auf ein Stück Folie legen, Zwiebel-Champignon-Gemisch daraufgeben

und mit gehackter Petersilie bestreuen. Folie fest zupacken und im Backrohr 30 bis 40 Minuten backen. Fischsud mit zwei Eßlöffel Créme fraiche verrühren. Dazu zwei Kartoffeln und eine Portion Kopfsalat in Joghurt-Zitronen-Marinade.

Abendessen (700 kcal/2930 kJ):
Zwei Scheiben Roggenbrot, zwei Teelöffel Butter, eine Scheibe Edamer Käse, eine Scheibe gekochter Schinken; zwei geraffelte Möhren und einen geraffelten Apfel mit Zitronensaft, Salz, Pfeffer und einen Teelöffel Öl vermengen.

Dieser Tagesplan enthält ca. 0,54 Milligramm Jod.
Gesamt: 1790 kcal/7490 kJ.

Jod-Nährwert-Tabelle

Mittelwerte für 100 g pro eßbarem Anteil
µg = Mikrogramm, mg = Milligramm, g = Gramm

Zum Vergleich:
Muttermilch 6,300 µg

MILCH UND MILCHPRODUKTE	
Vollmilch	3,700 µg
Magermilch	1,800 µg
Buttermilch	2,000 µg
Kondensmilch, 10 %	9,900 µg
Sahne, 30 %	2,500 µg
Joghurt, 3,5 %	3,700 µg
Joghurt, 0,3 %	4,400 µg
Edamer, 45 %	4,000 µg
Quark, 40 %	3,400 µg
FETTE	
Butter	4,400 µg
Lebertran	0,860 mg
EI	
Hühnerei	9,700 µg
FLEISCH	
Kalbfleisch	2,800 µg
Rinderleber	bis 14,000 µg
Schweinefleisch	7,600 µg
Schweineleber	0,014 mg
WURST	
Leberwurst	0,400 mg
FISCH	
Aal, geräuchert	4,500 µg
Auster	0,058 mg
Forelle	3,200 µg
Heilbutt	0,052 mg
Hering	0,052 mg
Karpfen	1,700 µg
Makrele	0,045 mg

Ölsardinen	bis 57,000 µg
Rotbarsch	0,074 mg
Schellfisch	0,413 mg
Thunfisch	0,050 mg
REIS	
Reis, unpoliert	2,200 µg
Reis, poliert	2,200 µg
GETREIDE	
Haferflocken	4,000 µg
BROT	
Roggenbrot	8,500 µg
Weißbrot	5,800 µg
GEMÜSE	
Blumenkohl	0,120 µg
Erbsen	4,200 µg
Feldsalat	bis 62,000 µg
grüne Bohnen	3,000 µg
grüner Paprika	2,300 µg
Grünkohl	12,000 µg
Gurke	2,500 µg
Kartoffel	3,800 µg
Knollensellerie	2,830 µg
Kohlrabi	1,400 µg
Kopfsalat	3,300 µg
Mais	3,300 µg
Möhren	0,015 mg
Rettich	8,000 µg
Rhabarber	1,000 µg
Rosenkohl	0,700 µg
Sojabohnen	6,300 µg
Spargel	bis 10,000 µg
Spinat	0,020 mg
Tomaten	1,700 µg
Weißkohl	5,200 µg
Zwiebel	2,000 µg
Champignons	0,018 mg
OBST	
Apfel	1,600 µg
Apfelsine	2,100 µg
Aprikose	0,500 µg
Banane	2,800 µg
Birne	1,500 µg
Erdbeeren	1,000 µg
Grapefruit	1,300 µg
Johannisbeeren, rot	1,000 µg
Johannisb., schwarz	1,000 mg
Kirsche, süß	1,000 µg
Pfirsich	1,000 µg
Pflaume	1,000 µg
Weintrauben	0,700 µg
Zitrone	0,500 µg
GETRÄNKE	
Apfelsaft	1,000 µg
Orangensaft, frisch	1,000 µg
Traubensaft	0,480 µg
Zitronensaft	5,200 µg
Rotwein	bis 0,060 mg
Weißwein	bis 0,060 mg
Vollbier, hell	0,700 µg
Kaffee, geröstet	8,000 µg
Tee, schwarz	8,000 µg
DIVERSES	
Milchschokolade	5,500 µg
Erdnüsse	0,014 mg
Walnüsse	3,000 µg
Bierhefe	4,000 µg

Fluor

So werden die Zähne säurefest

DER FALL:

Die Zahnärzte von Aurora im Bundesstaat Illinois wunderten sich schon in den dreißiger Jahren darüber, daß ihre Kollegen in der Nachbarstadt Evanston erheblich mehr beschäftigt waren als sie selbst. Die Leute in Aurora hatten einfach bessere Zähne, da gab es keinen Zweifel. Was dahintersteckte, fand das amerikanische Institut für Zahnforschung heraus: Das Trinkwasser von Aurora war ausgesprochen reich an natürlichem Fluor. Als man daraufhin dem Trinkwasser von Evanston künstlich Fluor zusetzte, ging auch dort die Karieshäufigkeit rapide zurück!

Weder Krebs noch Herz-Kreislauf-Erkrankung, sondern Karies heißt die Volksseuche Nummer eins. Nach der Statistik leiden 99 Prozent der Bundesbürger unter Zahnfäule, für deren Behandlung Unsummen bereitgestellt werden müssen. Unser Zahnschmelz ist zwar nahezu so hart wie Quarz, aber er ist nicht säurefest. Wenn man sich unzureichend die Zähne putzt, bilden sich Beläge auf den Zähnen. Ein Gramm davon kann bis zu 300 Millionen Bakterien enthalten. Und diese sind in der Lage, vergärbaren Zucker in Säure umzuwandeln, die Löcher in die Zähne frißt.

Als optimale Methode zur Bekämpfung der Karies hat jetzt der Direktor der Abteilung präventive Zahnheilkunde der Hamburger Universität, Professor HANS-JÜRGEN GÜLZOW, die Beigabe von Fluoriden zum Trinkwasser bezeichnet. Der Wissenschaftler ist der Ansicht, daß durch die Trinkwasserfluoridierung die gefährliche Zahnerkrankung um annähernd 70 Prozent zurückgedrängt werden könnte!

Das chemische Element Fluor ist ein giftiges grüngelbes Gas. Im menschlichen Organismus kommt Fluor als Spurenelement vor – und dort ist es mit Sicherheit lebenswichtig. Ohne Fluor, so glaubt der holländische Zahnmediziner Professor KLAUS G. KÖNIG, wäre die Entwicklung des Menschen vielleicht sogar auf der Stufe von Schalentieren stehengeblieben. Denn Fluor wird zum Knochenwachstum benötigt, härtet das Gebiß und ist an zahlreichen Stoffwechselprozessen beteiligt.

Verbindungen von reinem Fluor mit anderen Grundstoffen nennt man Fluoride. Sie sind, zumindest in geringen Mengen, ungiftig und kommen überall in der Natur vor: im Grundwasser, im Boden, in Pflanzen und in Nahrungsmitteln. Besonders reichlich ist Fluor in Vollkornprodukten, Fisch, Walnüssen und schwarzem Tee enthalten.

Seit mehr als drei Jahrzehnten streiten Zahnmediziner in der ganzen Welt erbittert um dieses Fluor. Rund 30 000 Veröffentlichungen sind schon zum Thema erschienen, und noch immer steht man im »Fluor-Krieg« am Anfang. Es geht um die Frage: Soll und darf man Fluoride dem Trinkwasser zusetzen oder nicht?

Inzwischen wurde erfolgreich mit der Trinkwasserfluoridierung experimentiert. Im Tierversuch fand der Hamburger Physikochemiker Professor ADOLF KNAPPWOST 1951 auch bestätigt: Künstlich erzeugte Ätzdefekte an den Zähnen lassen sich durch häufige Fluorgaben wieder beheben. Experten sind heute der Ansicht, daß die Fluoride wohl zu den am besten untersuchten chemischen Substanzen überhaupt gehören. Und ihren Zähnen zuliebe trinken nun bereits rund 250 Millionen Menschen auf der Erde fluoridiertes Wasser.

Für den Generaldirektor der Weltgesundheitsorganisation in Genf stand spätestens 1975 fest: »Kein Land kann sich weiter den Luxus erlauben, das Trinkwassersystem nicht zu fluoridieren.« Und in seiner Rede hieß es weiter: »Jeder Mitgliedstaat der WHO wird aufgefordert, einen nationalen Plan für die Fluoridierung der Trinkwasservorkommen aufzustellen und diesen Plan so schnell wie möglich durchzuführen.«

Aufgrund dieser Empfehlung änderte die Bundesrepublik sogar ihr bis dahin geltendes Lebensmittelrecht, nach dem (außer desinfizierendem Chlor) jeglicher Trinkwasserzusatz verboten war. Die Regierung stellte es Ländern und Gemeinden frei, Fluor ins Trinkwasser zu mischen.

Es gibt Gegenden, zum Beispiel in Texas und in Grönland, wo die

Bevölkerung bereits ein halbes Jahrhundert Wasser getrunken hat, das von Natur aus 8 bis 10 Milligramm Fluor pro Liter enthält! Als einzige »unerwünschte Nebenwirkung« wurde von medizinischer Seite festgestellt: Die Leute bekamen typische weiße Flecken an den Zähnen – eine Depigmentation, die als sichtbares Zeichen der Fluorose, der Fluorvergiftung, gilt.

Nach internationalen wissenschaftlichen Erkenntnissen reicht bereits ein Milligramm Fluor pro Liter, um die Zähne zuverlässig vor Karies zu schützen. Die Kosten dafür würden pro Kopf im Jahr vielleicht eine Mark betragen. Doch über einen Vorbeugungsversuch im Kasseler Stadtteil Wahlershausen ist man in der Bundesrepublik noch nicht hinausgekommen (obwohl nachweislich 60 Prozent der Wahlershausener Kinder bessere Zähne bekommen haben).

Die Bedenken der Fluorid-Gegner lassen sich nach Professor SCHUBERT vom Frankfurter Hygiene-Institut auf einen Nenner bringen: »Die Grundforderung der Hygieniker kann bei den Fluoriden nicht erfüllt werden, nämlich der Nachweis ihrer völligen Unschädlichkeit.«

Einige von zahllosen Argumenten:

- Die Behauptung über den Nutzen der Fluoridierung des Trinkwassers beruht auf falschen statistischen Unterlagen;
- Fluoride können die normalen Stoffwechselvorgänge durcheinanderbringen;
- Fluoride sammeln sich im Körper an und können dadurch Gefäßschäden und Steinleiden hervorrufen;
- Fluor kann durch die Gebärmutterwand dringen und zu fetalen Mißbildungen führen.

Überdies gibt es rechtliche Bedenken: Professor DR. ECKARD REHBINDER, Jurist an der Universität Frankfurt am Main: »Die Zwangsmedikation mit Fluoriden über das Trinkwasser und in gleichem Maße die Kollektiv-Fluoridierung über Tabletten stellt einen Eingriff in das Grundrecht der körperlichen Unversehrtheit und einen Eingriff in das Grundrecht auf freie Entfaltung der Persönlichkeit dar. Da der Staat durch Anordnung der Trinkwasserfluoridierung, verbunden mit der Monopolstellung des Wasserversorgungsunternehmens, einen sozialen Zwang zum Genuß fluoridierten Wassers ausübt, greift er auf jeden Fall in die allgemeine Handlungsfreiheit, nämlich die Freiheit, über die Aufnahme von Nahrung, Nahrungszusätzen und Arzneimitteln selbst zu bestimmen, ein.«

Fluoridiertes Wasser kommt insbesondere Kindern zugute, deren Zähne am heftigsten von Karies bedroht sind. Gegner der Wasserfluoridierung meinen deshalb auch, daß man nicht Millionen Menschen zum Verbrauch von fluoridiertem Wasser zwingen könne, wenn nur ein geringer Prozentsatz von ihnen, eben die Kinder, den größten Nutzen davon hat.

VERBRAUCHER-TIP:
Fast alle Zahnärzte befürworten, daß Kinder Fluortabletten einnehmen. Natürlich bleibt es den Eltern überlassen, ihre Sprößlinge damit zu versorgen. Als ungefährliche zahnschützende Dosierungen werden folgende Mengen empfohlen: Bis zum ersten Lebensjahr täglich 0,25 Milligramm, vom ersten bis zum vierten Lebensjahr 0,50 Milligramm, vom vierten bis zum sechsten Lebensjahr 0,75 Milligramm und ab dem sechsten Lebensjahr 1 Milligramm.

Tagesbedarf an Fluor = 1 Milligramm

Menüvorschlag: Kalbssteak mit Spargel

Frühstück (640 kcal/2680 kJ):
Zwei Scheiben Toast, zwei Teelöffel Butter, zwei Rühreier, eine Scheibe Frühstücksspeck, Kaffee oder Tee nach Belieben.

Mittagessen (1060 kcal/4440 kJ):
Ein Kalbssteak (150 Gramm) würzen, gar braten und warm stellen. 300 Gramm Spargel schälen und gar dünsten. Mehlschwitze aus einem Eßlöffel Mehl und einem Teelöffel Butter mit Spargelbrühe aufgießen und mit Salz, Pfeffer und Zitronensaft würzen. Spargel aufs Steak geben, mit der Sauce übergießen und mit 100 Gramm gehackten Walnüssen bestreuen. Dazu 60 Gramm Reis.

Abendessen (850 kcal/3560 kJ):
Zwei Scheiben Vollkornbrot, zwei Teelöffel Butter, 200 Gramm geräucherte Makrele, eine Zwiebel, eine Scheibe Gouda.

Dieser Tagesplan enthält ca. 1,8 Milligramm Fluor.
Gesamt: 2550 kcal/10670 kJ.

Fluor-Nährwert-Tabelle

Mittelwerte für 100 g pro eßbarem Anteil
µg = Mikrogramm, mg = Milligramm, g = Gramm

Zum Vergleich:
Muttermilch 0,017 mg

MILCH UND MILCHPRODUKTE	
Vollmilch	17,000 µg
Buttermilch	0,010 mg
Kondensmilch, 10 %	0,046 mg
Sahne, 30 %	12,000 µg
Joghurt, 3,5 %	0,017 mg
Joghurt, 0,3 %	0,020 mg
Edamer, 45 %	0,140 mg
Quark, 40 %	0,022 mg
FETTE	
Butter	0,120 mg
EI	
Hühnerei	0,120 mg
FLEISCH	
Kalbfleisch	0,090 mg
Rinderleber	0,099 mg
Huhn	0,140 mg
FISCH	
Aal, geräuchert	0,180 mg
Auster	bis 0,160 mg
Hering	0,350 mg
Karpfen	0,032 mg
Makrele	0,340 mg
Ölsardinen	bis 4,500 mg
Rotbarsch	0,140 mg
Schellfisch	0,160 mg

REIS	
Reis, unpoliert	0,050 mg
Reis, poliert	bis 0,070 mg
GETREIDE	
Haferflocken	0,037 mg
BROT	
Brötchen	1,100 µg
Roggenbrot	0,013 mg
Weißbrot	0,061 mg
TEIGWAREN	
Nudeln	0,080 mg
GEMÜSE	
Blumenkohl	0,012 mg
Chinakohl	0,015 mg
Erbsen	0,027 mg
grüne Bohnen	0,012 mg
Grünkohl	0,010 mg
Gurke	0,020 mg
Kartoffel	9,700 µg
Knollensellerie	0,014 mg
Kopfsalat	0,032 mg
Linsen	0,026 mg
Möhren	0,027 mg
Petersiliengrün	0,110 mg
Rhabarber	0,040 mg
rote Bete	0,020 mg
Sauerkraut	0,090 mg

Spargel	0,048 mg
Spinat	0,110 mg
Tomaten	0,024 mg
weiße Bohnen	bis 0,170 mg
Weißkohl	0,012 mg
Zwiebel	0,042 mg
Champignons	0,031 mg
Pfifferlinge	0,050 mg

OBST

Apfel	6,600 µg
Apfelsine	5,000 µg
Aprikose	9,600 µg
Banane	0,020 mg
Birne	0,012 mg
Erdbeeren	0,024 mg
Grapefruit	0,024 mg
Johannisbeeren, rot	0,023 mg
Johannisb., schwarz	0,029 mg
Kirsche, süß	0,018 mg
Pfirsich	0,021 mg
Pflaume	1,800 µg
Weintrauben	0,014 mg
Zitrone	bis 17,400 µg

GETRÄNKE

Apfelsaft	bis 15,000 µg
Orangensaft, frisch	0,900 µg
Traubensaft	10,000 µg
Rotwein	bis 40,000 µg
Weißwein	0,030 mg
Vollbier, hell	0,050 mg
Tee, schwarz	9,500 mg

DIVERSES

Kakaopulver	bis 0,200 mg
Milchschokolade	0,050 mg
Erdnüsse, geröstet	0,140 mg
Walnüsse	0,680 mg

Cadmium, Blei, Quecksilber
So schützt man sich vor Umweltgift

DER FALL:
Wie außerordentlich giftig Cadmium ist, wurde in den sechziger Jahren in Japan deutlich: Dort starben Hunderte an der teuflischen »Itai-Itai«, zu deutsch: »Aua-Aua«-Krankheit, weil sie sich jahrelang von cadmiumverseuchtem Reis ernährt hatten. Denn über Jahrzehnte hatten sie ihre Felder aus einem Fluß gewässert, in den ein Industriekonzern seinen Cadmium-Müll ableitete!

Die Schwermetalle Cadmium, Blei und Quecksilber sind ein böses Trio. Sie gehören zu den übelsten Stoffen, die unsere Umwelt – und auch unsere Nahrungsmittel – belasten.

Cadmium fällt bei der Verhüttung von Zink- und Bleierzen an und wird seit Jahrhunderten in der Umwelt verbreitet. Entdeckt wurde der Stoff aber erst 1817. Heute werden weltweit rund 20 000 Tonnen Cadmium hergestellt: Das silberglänzende Metall dient als Rostschutzmittel, als Färbezusatz für roten und gelben Kunststoff, wird für Zahnplomben, Lötmittel und elektrische Batterien verwendet.

Fast jeder hat schon einmal leere Taschenlampenbatterien oder Batterien aus seinem Kassettenrekorder in den Mülleimer geworfen. Über die Müllverbrennung gelangt Cadmium wieder in die Umwelt. Das passiert auch bei der Verbrennung von Kohle, von Heizöl, bei der Eisengewinnung, durch Abwässer oder die Ablagerung von Klärschlamm. Das Metall ist schon überall: in der Luft, im Boden, im Trinkwasser.

Den Berichten von Untersuchungsämtern, Bundesforschungsanstalten und anderen Institutionen ist zu entnehmen, daß die Umweltverschmutzung in den letzten vier bis fünf Jahren deutlich abgenommen hat. Dies ist nicht allein auf eine strengere Gesetzgebung zurückzuführen. Auch verfeinerte Untersuchungsmethoden in der Lebensmittelüberwachung und häufigere sowie gezieltere Kontrollen haben dazu beigetragen. Dennoch bedrohen die Umweltgifte unsere Gesundheit in einem kaum überschaubaren Maße.

Cadmium sammelt sich bei Tier und Mensch vor allem in den Nieren an – durch sie versucht der Organismus, das Gift wieder loszuwerden. Das ist der Grund, warum in den Nieren von Schlachtvieh besonders viel Cadmium gemessen wird.

VERBRAUCHER-TIP:
Nieren von Rindern und Schweinen sollten nur gelegentlich (in zwei- bis dreiwöchigem Abstand) auf den Speisezettel gesetzt werden.
Auf Pferdenieren und -leber sollte man völlig verzichten (sie sind für die menschliche Ernährung nicht mehr geeignet).
Von Wildpilzen – vor allem Anisegerling, Schafegerling, Riesenchampignon – sollten nicht mehr als 200 bis 250 Gramm pro Woche verzehrt werden.
Und auch das sollte man wissen: Aus dem Rauch von zwanzig Zigaretten wird eineinhalbmal soviel Cadmium aufgenommen wie aus der gesamten täglichen Nahrung.

Im Gegensatz zu Cadmium, das man vorwiegend mit der Luft einatmet, wird das Schwermetall Blei zu 90 Prozent mit der Nahrung dem Körper zugeführt (70 Prozent davon mit pflanzlicher Kost). Glücklicherweise ist der Organismus nicht in der Lage, das Blei günstig aufzuschließen: Nur rund 10 Prozent der Gesamtmenge werden über den Magen-Darm-Trakt in den Kreislauf eingeschleust. Die höchsten Bleigehalte findet man normalerweise in Gemüsesorten mit großer Blattoberfläche. Aber bei gründlicher Reinigung werden rund 50 Prozent, bei manchen Sorten sogar bis zu 80 Prozent, abgewaschen!

VERBRAUCHER-TIP:
Obst und Gemüse ist grundsätzlich vor dem Verzehr zu waschen.
Obst und Gemüse mit gekräuselter, behaarter oder rauher Oberfläche (zum Beispiel Grünkohl, Salat, Stachelbeeren, Erdbeeren, Pfirsiche) sollten besonders sorgfältig gewaschen werden.

Überdies wird geraten, von Kohlköpfen und anderen geschlossenen Gemüsen die Deck- oder Hüllblätter vollständig zu entfernen.
Von Früchten und Beeren, die am Straßenrand wachsen, soll man die Finger lassen: Durch den Bleigehalt in den Autoabgasen sind sie besonders stark verunreinigt.

Insgesamt gesehen ist jedoch die Bleibelastung unserer Umwelt in den letzten Jahren zurückgegangen. Zum einen wurde der Bleigehalt der Kraftstoffe gesenkt, zum anderen zeigen Höchstmengenverordnungen im Pflanzenschutz sowie das Verbot bleihaltiger Glasuren für Gebrauchsgegenstände bereits ihre Wirkung.

Quecksilber ist das einzige flüssige Metall der Welt. Das seltene Element kommt in winzigen Mengen in der Erdkruste, aber auch im Meerwasser vor. Spiegel sind beispielsweise mit Quecksilber beschichtet; und auch Blutdruckmeßgeräte und Fieberthermometer enthalten Quecksilber. Vorsichtige Eltern warnen ihre Kinder: »Das Thermometer darf nicht zerbrechen! Denn das herauslaufende Quecksilber ist hoch giftig.« Wieder waren es die Japaner, die mit Quecksilber bitterböse Erfahrungen machen mußten. Dutzende von Menschen starben im Jahre 1953 an quecksilberverseuchtem Fisch aus der Minamatabucht! Aber zeitweise war es auch schon den Flußfischern aus Hamburg, Niedersachsen und Schleswig-Holstein verboten, Elbaale in den Handel zu bringen – sie enthalten gesundheitsgefährdende Mengen von Quecksilber.

Verbraucher-Tip:

Von Jägern in der Bundesrepublik werden jährlich mehr als eine Million Hasen erlegt. Doch in der Hasenleber – niemand weiß bisher, warum – werden die höchsten Quecksilber-Verunreinigungen gemessen! Deshalb empfiehlt das Bundesgesundheitsamt, auf den Verzehr von Hasenleber ganz zu verzichten.

Aber wer abwechslungsreich ißt, der darf es sich durchaus schmecken lassen. Denn bisher liegen die Schadstoffkonzentrationen in unseren Nahrungsmitteln (wenn man von den ganz wenigen aufgezeigten Ausnahmen absieht) noch weit unter den Grenzwerten, die von der Weltgesundheitsbehörde als gesundheitsgefährdend angegeben werden.

Nitrat und Nitrit

Seit dem Mittelalter kommt Salpeter in die Wurst

Nitrat - zu deutsch: Salpeter - ist eine natürliche Stickstoffverbindung und für Pflanzen ein lebenswichtiger Stoff. Geringe Mengen von Nitrat sind ungiftig und werden über die Nieren rasch wieder ausgeschieden. Das Gefährliche daran: Mundspeichel und Magensaft vermögen Nitrat in Nitrit umzuwandeln. Und Nitrit ist in der Lage, die roten Blutzellen derart zu verändern, daß sie kaum noch Sauerstoff durch den Körper transportieren können. Wer große Mengen Nitrat schlucken würde, müßte also innerlich ersticken. In Verbindung mit Ammoniak, kurz Amin, bilden sich im Organismus die noch schlimmeren Nitrosamine - die stärksten krebserregenden Substanzen, die wir kennen.

Keine schönen Aussichten. Denn in der Landwirtschaft benötigt man Salpeter zum Düngen. Wer viel düngt, erntet viel. So gerät Salpeter = Nitrat nicht nur in jedes Gemüse, sondern auch ins Trinkwasser. Darüber hinaus benützen die Metzger schon seit dem Mittelalter Salpeter zum »Umröten«. Damit meint man in der Fachsprache das Pökeln und Einfärben von Fleisch und Wurst. Denn wer kauft schon graue, unansehnliche Fleischwaren? Doch 1981 hat der Gesetzgeber unvernünftiger Handhabung endgültig einen Riegel vorgeschoben: Demnach darf Nitrat lediglich in winzigsten Mengen verwendet und nur noch zum Pökeln von Rohwurst und Schinken verwendet werden.

VERBRAUCHER-TIP:

Nach Möglichkeit sollte man Gemüsegerichte nicht mehr aufwärmen (dadurch bildet sich Nitrit).

Freilandgemüse und -salate sind den Treibhaussorten vorzuziehen (die Lichtintensität vermindert den Nitratgehalt).
Bestehen Sie nicht unbedingt auf der Handelsklasse A (das prächtig aussehende Gemüse ist meist das Resultat üppiger Stickstoffdüngung).
Bevorzugen Sie Gurken, Tomaten und Spargel, Zwiebel, Kohl, Erbsen, Bohnen – das sind Gemüse, die wenig Nitrat enthalten. Nitratreich hingegen sind Radieschen, Kopfsalat, Spinat, Rettich, Sellerie und Lauch.

Je mehr Umweltgifte der Mensch mit der Nahrung zu sich nimmt, desto mehr Vitamin C benötigt er. Erst kürzlich hat man festgestellt, daß Vitamin C die Bildung der stark krebserregenden Nitrosamine im Körper verhindern kann.

Anhang

Nomenklatur der Vitamine

Nomenklatur der Internationalen Union für reine und angewandte Chemie (IUPAC)	gegenwärtig noch übliche Nomenklatur	zu vermeidende Namen
Retinol	Vitamin-A-Alkohol	
Retinal	Vitamin-A-Aldehyd	
Retinsäure	Vitamin-A-Säure	
Ergocalciferol	Vitamin D_2	Antirachitisches Vitamin
Cholecalciferol	Vitamin D_3	Antirachitisches Vitamin
Tocopherol	Vitamin E	Fruchtbarkeitsvitamin
Phyllochinon	Vitamin K	Antihämorrhagisches Vitamin
Thiamin	Vitamin B_1	Aneurin
Riboflavin	Vitamin B_2	Lactoflavin
Niacin	Nicotinsäure Nicotinsäureamid Nicotinamid	PP-Vitamin PP-Faktor
Pyridoxol	Vitamin B_6, Pyridoxin	
Pyridoxal		
Pyridoxamin		
Pantothensäure	Pantothensäure	Anti-graue-Haare-Faktor
Biotin	Biotin	Vitamin H
myo-Inosit	Inosit, Meso-Inosit	
Cholin	Cholin	
p-Aminobenzoesäure	p-Aminobenzoesäure	
Folsäure	Folsäure, Pteroylglutaminsäure	
Cobalamin	Vitamin B_{12}	
Ascorbinsäure	Vitamin C	Antiscorbutisches Vitamin

Hinweise zum Gebrauch der Tabellen

Maßeinheiten-Tabelle:

1 g (Gramm)
1 mg (Milligramm) = $\frac{1}{1000}$ g
1 mcg (Mikrogramm) = 1 μg (Mü) = $\frac{1}{1000}$ mg
1 ng (Nanogramm) = $\frac{1}{1000}$ mcg
1 pg (Picogramm) = $\frac{1}{1000}$ ng

Hinweis zu den Nährwert-Tabellen:

Insgesamt wurden die Analysen der folgenden Nahrungsmittel berücksichtigt. Wenn keine Angaben über diese Nahrungsmittel gemacht werden, fehlt darin der betreffende Inhaltsstoff (Vitamin, Mineralstoff, Spurenelement).

Muttermilch

MILCH UND MILCHPRODUKTE

Vollmilch
Magermilch
Buttermilch
Kondensmilch, 10 %
Sahne, 30 %
Joghurt, 3,5 %
Joghurt, 0,3 %
Gouda, 45 %
Edamer, 45 %
Brie, 50 %
Camembert, 60 %
Quark, 40 %
Schmelzkäse, 45 %

FETTE

Butter
Lebertran
Margarine
Weizenkeimöl

EI

Hühnerei

FLEISCH

Corned Beef
Hammelfleisch
Kalbfleisch
Kasseler
Rindfleisch
Rinderleber
Schweinefleisch
Schweineleber
Schweineschinken
Ente
Huhn
Hühnerleber

WURST

Blutwurst
Bratwurst
Cervelatwurst
deutsche Salami
Knackwurst
Leberwurst
Weißwurst

FISCH

Aal, geräuchert
Auster
Forelle
Heilbutt

Hering
Karpfen
Makrele
Matjeshering
Ölsardinen
Rotbarsch
Schellfisch
Thunfisch

REIS

Reis, unpoliert
Reis, poliert

GETREIDE

Haferflocken
Weizenkleie

BROT

Brötchen
Knäckebrot
Roggenbrot
Vollkornbrot
Weißbrot
Zwieback

TEIGWAREN

Nudeln

GEMÜSE

Artischocke
Blumenkohl
Brunnenkresse
Chinakohl
Erbsen
Feldsalat
grüne Bohnen
grüner Paprika
Grünkohl
Gurke
Kartoffel
Knollensellerie
Kohlrabi
Kopfsalat
Linsen
Löwenzahnblätter
Mais
Möhren
Petersiliengrün
Petersilienwurzel
Rettich
Rhabarber
Rosenkohl
rote Bete
Sauerkraut
Schnittlauch
Sojabohnen
Spargel
Spinat
Tomaten
weiße Bohnen
Weißkohl
Wirsing
Zwiebel
Champignons
Pfifferlinge

OBST

Apfel
Apfelsine
Aprikose
Banane
Birne
Brombeeren
Erdbeeren
Grapefruit
Hagebutten
Holunderbeeren
Johannisbeeren, rot
Johannisbeeren, schwarz
Kirsche, sauer
Kirsche, süß
Kiwi
Pfirsich
Pflaume
Sanddornbeeren
Weintrauben
Zitrone

GETRÄNKE

Apfelsaft
Möhrensaft
Orangensaft, frisch
Orangensaft, Handelsw.
Tomatensaft
Traubensaft
Zitronensaft
Cola-Getränke
Rotwein
Weißwein
Sekt, weiß
Vollbier, dunkel
Vollbier, hell
Weißbier
Weinbrand
Whisky
Kaffee, geröstet
Tee, schwarz

DIVERSES

Ananas, in Dosen
Aprikosenkonfitüre
Erdbeerkonfitüre
Himbeerkonfiture
Blütenhonig
Zucker
Eiscreme
Fruchteis
Kakaopulver
Milchschokolade
Rosinen
Erdnüsse, geröstet
Walnüsse
Bäckerhefe
Bierhefe
Kartoffelchips
Mayonnaise
Tomatenketchup

Quellenverzeichnis

BÜCHER

Bärschneider, Max: Ernährung und Diät. Heidelberg 1970.
Bässler, Karl Heinz, und Lang, Konrad: Vitamine. Darmstadt 1975.
Holtmeier, H. J.: Kochsalzarme Schonkost. Stuttgart 1960.
Klever, Ulrich: Kalorienkompaß. München 1983.
Lang, Konrad: Wasser, Mineralstoffe, Spurenelemente. Darmstadt 1974.
Reimers, Emil: Diät-Kochbuch. München 1971.
Rückert, Ulrich: Das Wochenende für die Gesundheit. Stuttgart 1983.
Scholz, Heinz: Mineralstoffe und Spurenelemente. Stuttgart 1980.
Scholz, Heinz: Vitamine bauen uns auf. München 1971.
Souci, Fachmann, Kraut: Die Zusammensetzung der Lebensmittel. Stuttgart 1981.
Uhlich, Werner: Nahrungsmittel-ABC. Stuttgart 1981.

SCHRIFTEN

Apollonaris Brunnen AG, Bad Neuenahr.
Ärztliche Praxis, 93/70: Stefan: Fettlösliches Vitamin B_1.
Bild der Wissenschaft, 2/80: Seel: Trinkwasser-Fluoridierung.
Biovital, Pressemitteilung.
CMA-Dienst Gesundheit und Ernährung, 4/76.
Der deutsche Arzt, 21/75: Eisenmangel.
Deutsche Gesellschaft für Endokrinologie, Pressemitteilungen.
Deutsche Gesellschaft für Ernährung, diverse Pressemitteilungen.
Hermes Arzneimittel, München, Pressemitteilungen.
IME-Pressedienst, 6/1982.
Jörgensen, Hans-Heinrich: Mineralstoffwechsel, Kiel 1976.
Medical Tribune, 30/79: Bock: Versalzen wir unsere Gesundheit?
Münchner Medizinische Wochenzeitschrift, 15/66: Eisengehalt der Krankenkost.
Pharma Stroschein, Hamburg, Pressemitteilungen.
Pharm. Fabrik Kattwiga, Nordhorn, Informationsmaterial.
Presseinformation der Hamburger Zahnärzteschaft.
Selecta, 7/80: Holzmann: Zinkmangelsyndrom.
smog, Deutsches Grünes Kreuz, Marburg, diverse Mitteilungen.
Zeitschrift für Allgemeinmedizin, Stuttgart 1979: Hans Glatzel: Kochsalzvergiftung.

Die Außergewöhnlichen. Von Ariston.
L. S. Dereskey
Medikamente, die helfen, die nichts nützen, die töten
Neben-wirkungen der Arznei-mittel
Wechsel-wirkungen mit Nahrungs-mitteln
◄ 292 Seiten, Kst.
Karl O. Stoeber
Autogenes PSYCHO TRAINING
156 Seiten, ► Kst.
Heinz Ryborz
Das Abenteuer, sinnvoll zu leben
◄ 240 Seiten, Kst.
Urs-Peter Oberlin
Glücklich leben im Ruhestand
Sinnvoll planen, in Freude genießen
176 Seiten, ► Kst.
Dr. Joseph Murphy
DER WEG ZU INNEREM UND ÄUSSEREM REICHTUM
Ihr Denken gestaltet Ihr Leben
Ariston
◄ 206 Seiten, Kst.
Die Botschaft der Körpersprache
Claude Bonnafont
263 Seiten, ► Kst.
Ariston Verlag
Rue de la Scie 4 · CH 1207 Genf
Tel. 022/86 15 27 · Telex 27983